Valerian und Veronique

DAS LAND OHNE STERNE

J.-C. Mézières
und P. Christin

Carlsen Verlag

2. Auflage 1982

Aus dem Französischen von Sigrid von Fischern
VALERIAN/LE PAYS SANS ETOILE

Handlettering: Karin Quilitzsch

06028201 · ISBN 3-551-01873-1 · Bestellnummer 01873

IRGENDWO AM RANDE DER GALAXIE, IM ERFORSCHTEN UNIVERSUM EXISTIERT DAS KLEINE SONNENSYSTEM UKBAR...
AUF DEN VIER PLANETEN, DIE UM IHREN HEISSEN FIXSTERN KREISEN, HABEN SICH EINIGE HUNDERT ERDBEWOHNER ANGESIEDELT...
DAS LETZTE ZEUGNIS DER FERNEN ERDE WIRD SIE VERLASSEN. DAS RAUMSCHIFF DES RAUM-ZEIT-SERVICE DREHT SEINE ABSCHIEDSRUNDE. ES HAT DIE PIONIERE AUF IHRER REISE BEGLEITET...
AN BORD SIND ZWEI JUNGE AGENTEN AUS GALAXITY, DER HAUPTSTADT DES IRDISCHEN SONNENSYSTEMS: VALERIAN UND VERONIQUE.
WIR NÄHERN UNS UKBAR I, VALERIAN! DU KANNST DEINE REDE HOFFENTLICH AUSWENDIG!
KEINE BANGE, ICH HABE SIE ZIGMAL WIEDERHOLT... DIE ÄRMSTEN WERDEN DAS RAUMSCHIFF LANGE NICHT WIEDERSEHEN...
DAS BEUNRUHIGT SIE ANSCHEINEND NICHT. SIE SIND JA AUCH GUT AUSGE-RÜSTET.
MACH DICH FERTIG! ICH SETZE ZUR LANDUNG AN.

UND...
SCHÖN, DASS IHR NOCH EINMAL ZU UNS KOMMT. IHR HABT UNS SEHR GEHOLFEN...
WIR SIND ALLE AUF DEINE REDE GESPANNT...
NA JA, MIR WIRD HOFFENTLICH WAS EINFALLEN...
2A
... IM NAMEN DER ERDE WÜRDIGE ICH DIE GRÖSSE EURES UNTERNEHMENS UND EUREN MUT. ES SETZT VORBILDLICHE WERTE, DIE ALLEIN DIE PHILOSOPHIE DER ERD-EXPANSION BEGRÜNDEN KÖNNEN...
HM... ETWAS HOCHGE-SCHRAUBT...
... ABER NICHT SCHLECHT...
DAS BANKETT IST BE-REITET!
PLÖTZLICH WIRD DAS FRÖHLICHE PLAUDERN UNTERBROCHEN...
PSST! KOMM MIT! ICH MUSS DIR ETWAS ZEIGEN!
2B

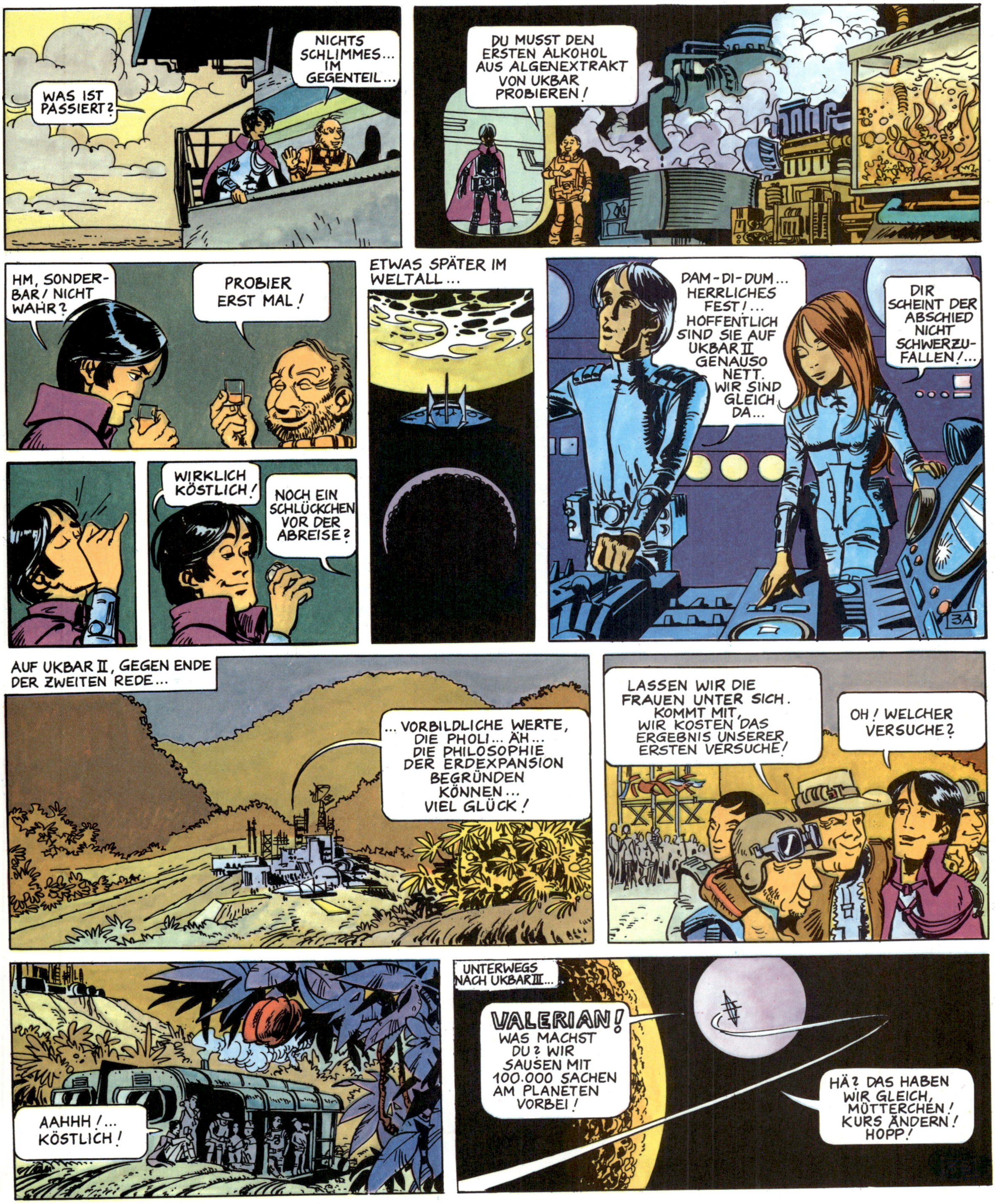
WAS IST PASSIERT?
NICHTS SCHLIMMES... IM GEGENTEIL...
DU MUSST DEN ERSTEN ALKOHOL AUS ALGENEXTRAKT VON UKBAR PROBIEREN!
HM, SONDERBAR! NICHT WAHR?
PROBIER ERST MAL!
WIRKLICH KÖSTLICH!
NOCH EIN SCHLÜCKCHEN VOR DER ABREISE?
ETWAS SPÄTER IM WELTALL...
DAM-DI-DUM... HERRLICHES FEST!... HOFFENTLICH SIND SIE AUF UKBAR II GENAUSO NETT. WIR SIND GLEICH DA...
DIR SCHEINT DER ABSCHIED NICHT SCHWERZUFALLEN!...
AUF UKBAR II, GEGEN ENDE DER ZWEITEN REDE...
... VORBILDLICHE WERTE, DIE PHOLI... ÄH... DIE PHILOSOPHIE DER ERDEXPANSION BEGRÜNDEN KÖNNEN... VIEL GLÜCK!
LASSEN WIR DIE FRAUEN UNTER SICH. KOMMT MIT, WIR KOSTEN DAS ERGEBNIS UNSERER ERSTEN VERSUCHE!
OH! WELCHER VERSUCHE?
AAHHH!... KÖSTLICH!
UNTERWEGS NACH UKBAR III...
VALERIAN! WAS MACHST DU? WIR SAUSEN MIT 100.000 SACHEN AM PLANETEN VORBEI!
HÄ? DAS HABEN WIR GLEICH, MÜTTERCHEN! KURS ÄNDERN! HOPP!

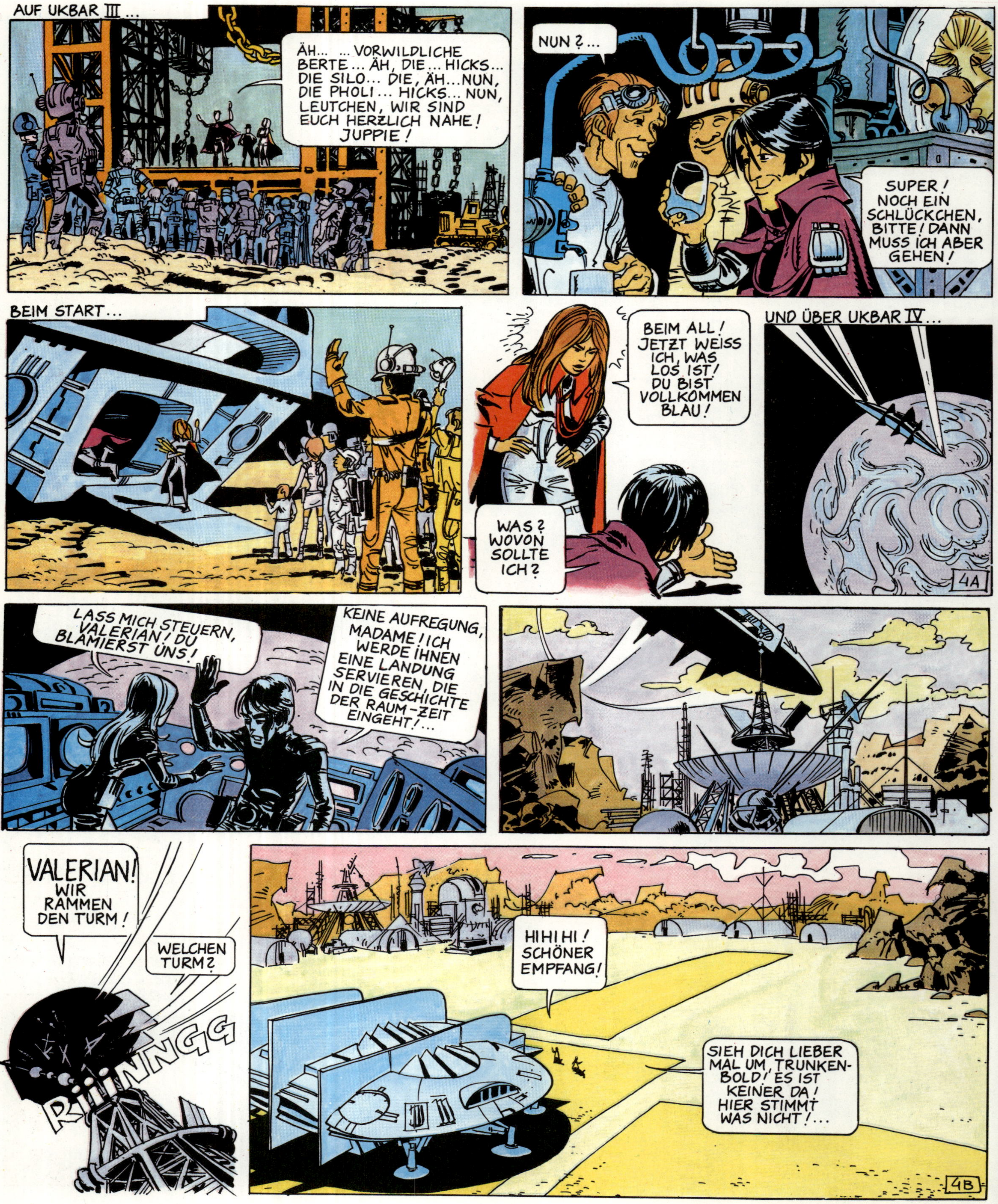
AUF UKBAR III ...
ÄH... ... VORWILDLICHE BERTE ... ÄH, DIE ... HICKS ... DIE SILO ... DIE, ÄH ... NUN, DIE PHOLI ... HICKS ... NUN, LEUTCHEN, WIR SIND EUCH HERZLICH NAHE! JUPPIE!
NUN ? ...
SUPER! NOCH EIN SCHLÜCKCHEN, BITTE! DANN MUSS ICH ABER GEHEN!
BEIM START ...
BEIM ALL! JETZT WEISS ICH, WAS LOS IST! DU BIST VOLLKOMMEN BLAU!
WAS? WOVON SOLLTE ICH?
UND ÜBER UKBAR IV ...
4A
LASS MICH STEUERN, VALERIAN! DU BLAMIERST UNS!
KEINE AUFREGUNG, MADAME! ICH WERDE IHNEN EINE LANDUNG SERVIEREN, DIE IN DIE GESCHICHTE DER RAUM-ZEIT EINGEHT! ...
VALERIAN! WIR RAMMEN DEN TURM!
WELCHEN TURM?
RINNGG
HIHIHI! SCHÖNER EMPFANG!
SIEH DICH LIEBER MAL UM, TRUNKENBOLD! ES IST KEINER DA! HIER STIMMT WAS NICHT! ...
4B

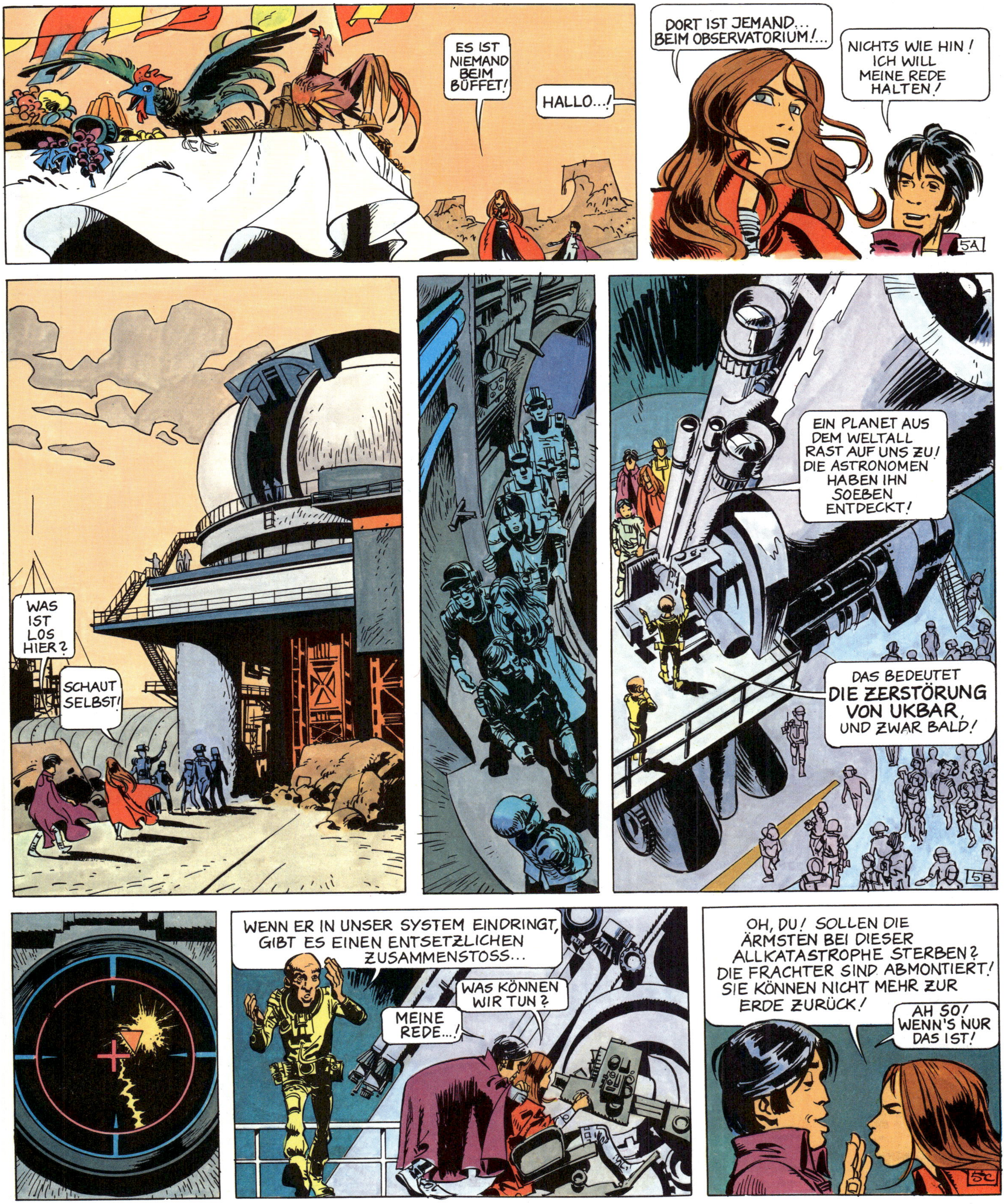
ES IST NIEMAND BEIM BÜFFET!
HALLO...!
DORT IST JEMAND... BEIM OBSERVATORIUM!...
NICHTS WIE HIN! ICH WILL MEINE REDE HALTEN!
5A
WAS IST LOS HIER?
SCHAUT SELBST!
EIN PLANET AUS DEM WELTALL RAST AUF UNS ZU! DIE ASTRONOMEN HABEN IHN SOEBEN ENTDECKT!
DAS BEDEUTET DIE ZERSTÖRUNG VON UKBAR, UND ZWAR BALD!
5B
WENN ER IN UNSER SYSTEM EINDRINGT, GIBT ES EINEN ENTSETZLICHEN ZUSAMMENSTOSS...
WAS KÖNNEN WIR TUN?
MEINE REDE...!
OH, DU! SOLLEN DIE ÄRMSTEN BEI DIESER ALLKATASTROPHE STERBEN? DIE FRACHTER SIND ABMONTIERT! SIE KÖNNEN NICHT MEHR ZUR ERDE ZURÜCK!
AH SO! WENN'S NUR DAS IST!
5C

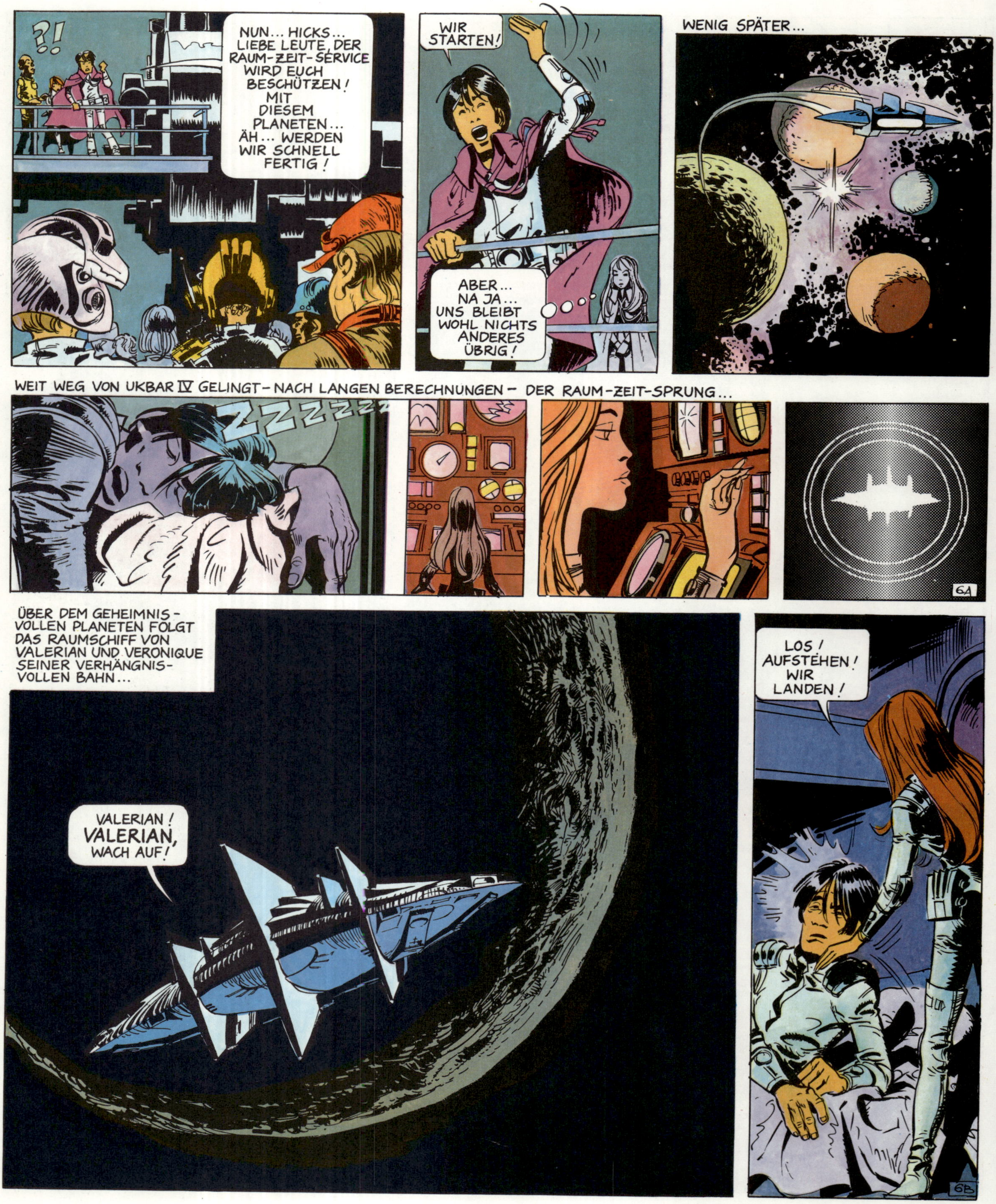
?!
NUN... HICKS... LIEBE LEUTE, DER RAUM-ZEIT-SERVICE WIRD EUCH BESCHÜTZEN! MIT DIESEM PLANETEN... ÄH... WERDEN WIR SCHNELL FERTIG!
WIR STARTEN!
ABER... NA JA... UNS BLEIBT WOHL NICHTS ANDERES ÜBRIG!
WENIG SPÄTER...
WEIT WEG VON UKBAR IV GELINGT – NACH LANGEN BERECHNUNGEN – DER RAUM-ZEIT-SPRUNG...
ZZZZZZZ
6A
ÜBER DEM GEHEIMNISVOLLEN PLANETEN FOLGT DAS RAUMSCHIFF VON VALERIAN UND VERONIQUE SEINER VERHÄNGNISVOLLEN BAHN...
VALERIAN! VALERIAN, WACH AUF!
LOS! AUFSTEHEN! WIR LANDEN!
6B

LANDEN? WO? ACH JA, DIESER GEHEIMNISVOLLE PLANET AUS DEM NICHTS! OH, ICH HABE EINEN BRUMMSCHÄDEL! ES WIRD SCHON GEHEN!
ETWAS SPÄTER...
EIN ALPTRAUM, DIESE LANDSCHAFT! WAS SOLLEN WIR HIER TUN?
ES GIBT KEIN LEBEN HIER...
ODER DOCH? DA IST LICHT!...
!
ES KOMMT VON DORT HINTEN!
ES STEIGT IRGENDWAS VON UNTEN HOCH!
IRGENDWO MUSS LEBEN SEIN!
DIE ÄUSSERE KRUSTE IST FEST. ABER DIESE PHOSPHORISIEREN-DEN SEEN SOLLTE MAN UNTERSUCHEN!

WIR BRAUCHEN UNSER RAUMBOOT! DANN MÜSSEN WIR RUNTER!
KURZ DARAUF BEGINNT EIN SONDERBARER ABSTIEG...
DIE FLORA WIRD IMMER REICHHALTIGER...
DAS LICHT WIRD IMMER INTENSIVER...
PLÖTZLICH...

DER PLANET IST HOHL!
UND ER HAT SOGAR EINEN MOND!
SEIN MITTELPUNKT DIENT IHM ALS SONNE!
WIR LANDEN AM BESTEN DA DRÜBEN IM SCHATTEN DES MONDES...
WIR KÖNNEN AUSSTEIGEN. IN DIESER ATMOSPHÄRE KANN MAN GUT ATMEN.
WÄHREND DAS RAUMBOOT EINEN GEEIGNETEN LANDEPLATZ SUCHT...
DA! HAST DU DAS GESEHEN?
9A
HÄUSER, DIE VON TIEREN GEZOGEN WERDEN!
DER PLANET IST BEWOHNT!
ES SCHEINEN NOMADEN ZU SEIN!
OH! EIN HAUS STÜRZT AB! WIR MÜSSEN HELFEN!
9B

DU HAST RECHT. SIE HABEN UNS SOWIESO BEMERKT. DAS IST AUCH DIE BESTE BEGRÜSSUNG!
UND...
MIT EINEM GESCHICKTEN MANÖVER VERSUCHT VALERIAN, DAS MERKWÜRDIGE GEBÄUDE ZU STÜTZEN...
DIE NOMADEN BEGRÜSSEN FREUDIG DIE UNERWARTETE HILFE...
10A
GESCHAFFT! SIE HABEN ES GERETTET!
ICH LANDE JETZT! SIND DIE AUTOMATISCHEN ÜBERSETZER EINGESCHALTET?
JA, SIE HABEN SCHON GENÜGEND ELEMENTE FÜR EINE VERSTÄNDIGUNG...
10B

BALD STEHEN VALERIAN UND VERONIQUE VOR DEN NOMADEN. MIT IHREN MINIÜBERSETZERN KÖNNEN SIE SICH GUT VERSTÄNDIGEN...
WIR SIND FREUNDE AUS EINER ANDEREN WELT...
AUS EINER ANDEREN WELT? DAS VERSTEHE ICH NICHT. ABER WILLKOMMEN BEIM VOLKE LEMM! ICH HEISSE MUTAHAR. IHR HABT VIELE LEBEN GERETTET...
WAS IST PASSIERT?
DAS SKROMM – UNSER „HAUSTIER" – IST ÜBER EINEM FLOGUM EXPLODIERT. GLÜCKLICHERWEISE WAR DIE EXPLOSION SCHWACH, WEIL DAS FLOGUM NOCH NICHT REIF WAR...
IHR WISST NICHT, WAS EIN FLOGUM IST? DANN SEID IHR WIRKLICH NICHT AUS DER WELT VON ZABIR. KOMMT MIT!
DAS IST EIN GANZ KLEINES FLOGUM!
MERKWÜRDIG... SIEHT AUS WIE KRISTALLISIERTE MINERALIEN...
WIE KOMMEN DIE DINGER DA HIN?
11A
SIE WACHSEN AN DER GANZEN SEITE DER MONDSPALTE...
ICH VERSTEHE DAS IMMER NOCH NICHT...
MAN SAGT, DASS DIE MONDSTRAHLEN DIE FLOGUMS WACHSEN LASSEN. WIR ZIEHEN ALSO MIT UNSEREM MOND. UND WENN DIE FLOGUMS REIF SIND...
...STECHEN WIR SIE AUS...
SO WIE HIER!
MAN MUSS SEHR VORSICHTIG SEIN. NUR DAS VOLK LEMM KANN SIE ERNTEN.
11B

KANN ICH ES HABEN ?
GERN. ES IST WERTLOS FÜR UNS. ABER SEI VORSICHTIG !
WAS IST DORT UNTEN LOS ?
DIE FÖRDERUNG GEHT WEITER. ES GIBT VIELE FLOGUMS IN DIESEM JAHR !
UND WO WERDEN DIE FLOGUMS HINGEBRACHT ?
IN UNSER SKROMM-LAGER. KOMMT MIT !
12A
HIER LAGERN WIR SIE.
UND DANN ?...
WENN WIR GENÜGEND FLOGUMS GESAMMELT HABEN, VERKAUFEN WIR SIE AN DIE MÄCHTIGEN STÄDTE VALSENAR UND MALKA. SO VERDIENT DAS VOLK LEMM SEINEN UNTERHALT...
PLÖTZLICH WERDEN SIE UNTERBROCHEN...
AUSSER DEN FLOGUMS WÄCHST NICHTS AN DER GROSSEN SPALTE...
SSSSSSSSSHHH
ABER ?
EIN MÄCHTIGER WINDSTOSS ERSCHÜTTERT DIE STILLE VON ZABIR...
LEGT EUCH HIN !
12B

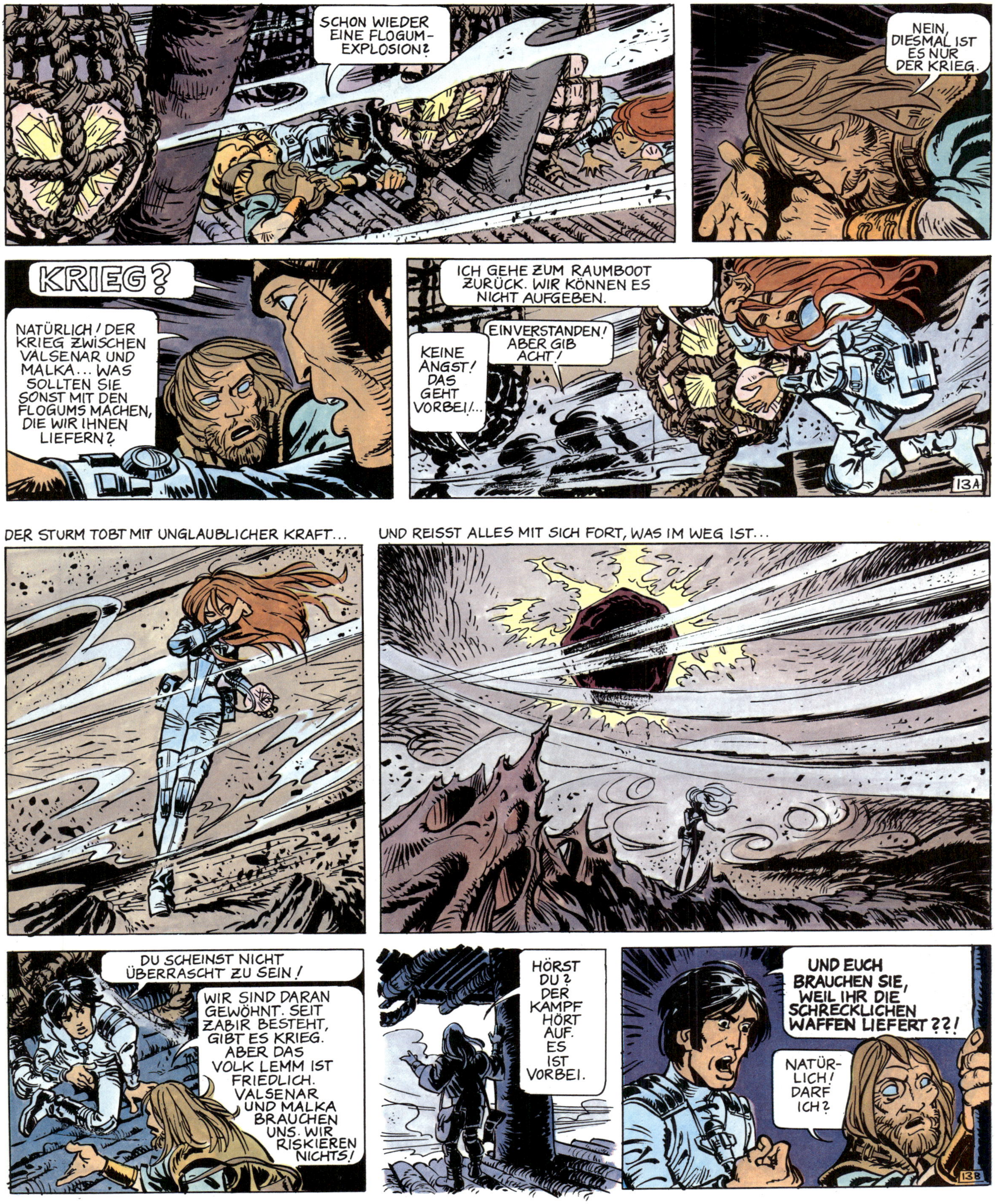
SCHON WIEDER EINE FLOGUM-EXPLOSION?
NEIN, DIESMAL IST ES NUR DER KRIEG.
KRIEG?
NATÜRLICH! DER KRIEG ZWISCHEN VALSENAR UND MALKA... WAS SOLLTEN SIE SONST MIT DEN FLOGUMS MACHEN, DIE WIR IHNEN LIEFERN?
ICH GEHE ZUM RAUMBOOT ZURÜCK. WIR KÖNNEN ES NICHT AUFGEBEN.
EINVERSTANDEN! ABER GIB ACHT!
KEINE ANGST! DAS GEHT VORBEI!...
13A
DER STURM TOBT MIT UNGLAUBLICHER KRAFT...
UND REISST ALLES MIT SICH FORT, WAS IM WEG IST...
DU SCHEINST NICHT ÜBERRASCHT ZU SEIN!
WIR SIND DARAN GEWÖHNT. SEIT ZABIR BESTEHT, GIBT ES KRIEG. ABER DAS VOLK LEMM IST FRIEDLICH. VALSENAR UND MALKA BRAUCHEN UNS. WIR RISKIEREN NICHTS!
HÖRST DU? DER KAMPF HÖRT AUF. ES IST VORBEI.
UND EUCH BRAUCHEN SIE, WEIL IHR DIE SCHRECKLICHEN WAFFEN LIEFERT??!
NATÜRLICH! DARF ICH?
13B

HE, FREUNDE! SETZT ALLES WIEDER INSTAND. DANN KÖNNT IHR WEITERARBEITEN!
WIR MÜSSEN UNS BEEILEN, DAMIT UNSERE KARAWANEN SO SCHNELL WIE MÖGLICH NACH VALSENAR UND MALKA KÖNNEN ...
WISST IHR NICHT, DASS IHR EUREN PLANETEN INS VERDERBEN STOSST, WENN IHR EUCH ZUM KOMPLIZEN DIESES SINNLOSEN KRIEGES MACHT...
PLANET?... VERDERBEN?... WAS ERZÄHLST DU DA? MIT DIESEM KRIEG HABEN WIR NICHTS ZU TUN. WIR VERKAUFEN FLOGUMS, DAS IST ALLES!
14A
SSSCHHM!
WAS IST JETZT SCHON WIEDER LOS?
ABER, ICH...
EINE EXPLOSION IN UNSEREM RAUMBOOT!
JA! SIEH NACH, WAS PASSIERT IST!
VERONIQUE! BIST DU VERLETZT?
14B

NEIN, ICH HABE NICHTS. ABER SCHAU DIR DEN SCHADEN AN!
ICH WOLLTE DAS KLEINE FLOGUM UNTERSUCHEN, ABER ES IST EXPLODIERT...
ES HAT ALLES VERSCHLUCKT, WAS IN SEINER UMGEBUNG WAR. DIE ZIFFERBLÄTTER UNSERER ELEKTROMAGNETISCHEN BEOBACHTUNGSGERÄTE SIND HIN...
ICH HABE DIE MESSGERÄTE WÄHREND DES KAMPFES BEOBACHTET. DAS MAGNETFELD VON ZABIR WAR TOTAL GESTÖRT, UND SEIN KERN ZEIGTE EINE ANORMALE AKTIVITÄT. DIE ROTATION DES PLANETEN UM SEINE EIGENE ACHSE WAR UNREGELMÄSSIG. DER FALL INS ALL WURDE NOCH BESCHLEUNIGT!
HM... DER PLANET WURDE DURCH DIE STÄNDIGEN KÄMPFE WAHRSCHEINLICH AUS SEINER URSPRÜNGLICHEN BAHN GEWORFEN. EIN HOHLER PLANET WIE DIESER IST SICHER LEICHT AUS DEM GLEICHGEWICHT ZU BRINGEN...
15A
WIR MÜSSEN WAS TUN!
DIE ZABIRER WISSEN NICHT, WAS AUSSERHALB IHRER EIGENEN WELT GESCHIEHT... WIR MÜSSEN ZUERST DEN KRIEG BEENDEN! ERST DANN KÖNNEN WIR IHNEN ERKLÄREN, DASS EINE KATASTROPHE BEVORSTEHT!
AM BESTEN ZIEHEN WIR MIT DEN KARAWANEN NACH MALKA UND VALSENAR, DANN KRIEGEN WIR HERAUS, WAS WIRKLICH LOS IST. UNSER FREUND MUTAHAR IST BESTIMMT NICHT TRAURIG, UNS LOS ZU SEIN...
ETWAS SPÄTER...
DIE KARAWANE IST STARTBEREIT. ABER IHR KÖNNT NUR UNTER EINER BEDINGUNG MIT...
NACH MALKA DÜRFEN NUR MÄNNER, UND VALSENAR EMPFÄNGT NUR FRAUEN. IHR MÜSST EUCH AN DIESE REGEL HALTEN.
ABER... WELCHEN SINN HAT DIESE REGEL?
15B

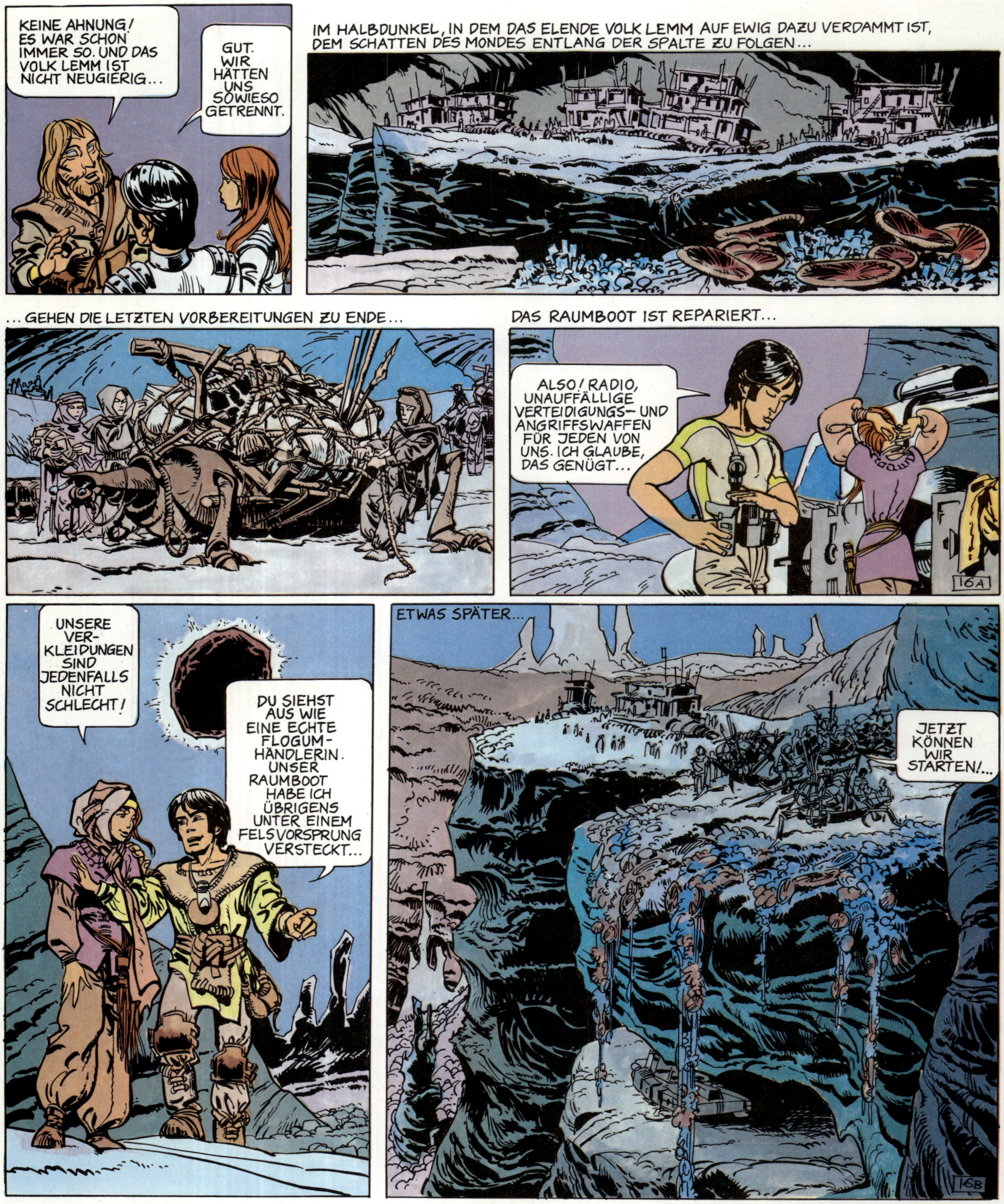
KEINE AHNUNG! ES WAR SCHON IMMER SO. UND DAS VOLK LEMM IST NICHT NEUGIERIG...
GUT. WIR HÄTTEN UNS SOWIESO GETRENNT.
IM HALBDUNKEL, IN DEM DAS ELENDE VOLK LEMM AUF EWIG DAZU VERDAMMT IST, DEM SCHATTEN DES MONDES ENTLANG DER SPALTE ZU FOLGEN...
... GEHEN DIE LETZTEN VORBEREITUNGEN ZU ENDE...
DAS RAUMBOOT IST REPARIERT...
ALSO! RADIO, UNAUFFÄLLIGE VERTEIDIGUNGS- UND ANGRIFFSWAFFEN FÜR JEDEN VON UNS. ICH GLAUBE, DAS GENÜGT...
16A
UNSERE VERKLEIDUNGEN SIND JEDENFALLS NICHT SCHLECHT!
DU SIEHST AUS WIE EINE ECHTE FLOGUM-HÄNDLERIN. UNSER RAUMBOOT HABE ICH ÜBRIGENS UNTER EINEM FELSVORSPRUNG VERSTECKT...
ETWAS SPÄTER...
JETZT KÖNNEN WIR STARTEN!...
16B

GUTE REISE!
BALD MÜSSEN VALERIAN UND VERONIQUE SICH TRENNEN...
SIE ZIEHEN AN DER GROSSEN, ÖDEN SPALTE ENTLANG...
NACH LANGEN STUNDEN VERLASSEN SIE ENDLICH DEN MONDSCHATTEN UND GELANGEN IN DIE GRELLE SONNE VON ZABIR...
EIN LETZTES WINKEN, DANN TRENNEN SICH DIE EXPEDITIONEN, UM NACH MALKA UND VALSENAR ZU ZIEHEN.
NUR SELTEN FANGEN SIE EIN ÄRMLICHES WÜSTENTIER... SIE ERNÄHREN SICH VON JAGD UND FISCHFANG...
IN DER ROTEN NACHT DES HOHLEN PLANETEN GÖNNEN SIE SICH NUR EINE PAUSE, WENN DIE SONNENERUPTIONEN FÜR KURZE ZEIT UNTERBROCHEN SIND...
WANN SIND WIR DA?
BALD! MALKA LIEGT SEHR NAHE BEI UNSEREM JETZIGEN FÖRDERUNGS-GEBIET.

NACH DREI TAGEN...
DAS IST ALSO MALKA!
JA. ES GIBT NUR ZWEI STÄDTE AUF ZABIR. SIE SIND WUNDERSCHÖN.
18A
SCHADE, DASS DAS VOLK LEMM NICHT HINEIN DARF. SIE WARTEN VOR DEM STADTTOR AUF UNS, UM DIE FLOGUMS ZU WIEGEN...
DANN MÜSSEN WIR UNS JETZT TRENNEN. DANKE, DASS ICH MITKOMMEN DURFTE.
VALERIAN GEHT AN DER STADTMAUER VON MALKA ENTLANG UND BEOBACHTET DIE ELENDEN KREATUREN...
EIGENARTIG... ES GIBT NUR MÄNNER HIER. FÜR EINE SO REICHE STADT SEHEN SIE WIRKLICH SCHÄBIG AUS.
JEDENFALLS IST DIE STADT GUT BEWACHT! ES WIRD NICHT LEICHT SEIN, HINEINZUKOMMEN.
18B

NICHTS ZU MACHEN, ÜBERALL DASSELBE!
ES SEI DENN, DIE ABWÄSSER KOMMEN VON DER STADT... SCHLIMMSTENFALLS WERDE ICH ZURÜCKGESPÜLT. ICH MUSS ES WAGEN!
19A
VERZWEIFELT KÄMPFT VALERIAN GEGEN DAS SPRUDELNDE WASSER AN...
ERSCHÖPFT GELANGT VALERIAN ZU EINEM SCHACHT DES ABWÄSSER-SYSTEMS VON MALKA...
... UND GEGEN DIE ABFÄLLE, DIE DAS WASSER MIT SICH FÜHRT.
FURCHTBARER GESTANK HIER! SCHEINT NICHT ÜBLICH ZU SEIN, DASS JEMAND AUF DIESEM WEG NACH MALKA KOMMT... WOHIN DIE TREPPE DORT WOHL FÜHRT?
19B

TATSÄCHLICH...
ES GIBT WIRKLICH NUR MÄNNER HIER! UM SO BESSER! ABER ICH MUSS HERAUSFINDEN...
SIE SCHEINEN JEDE ART VON ARBEIT ZU TUN!
WAS DIE FRAUEN HIER WOHL MACHEN ??
OH!... DAS WERD ICH SICHER GLEICH WISSEN!

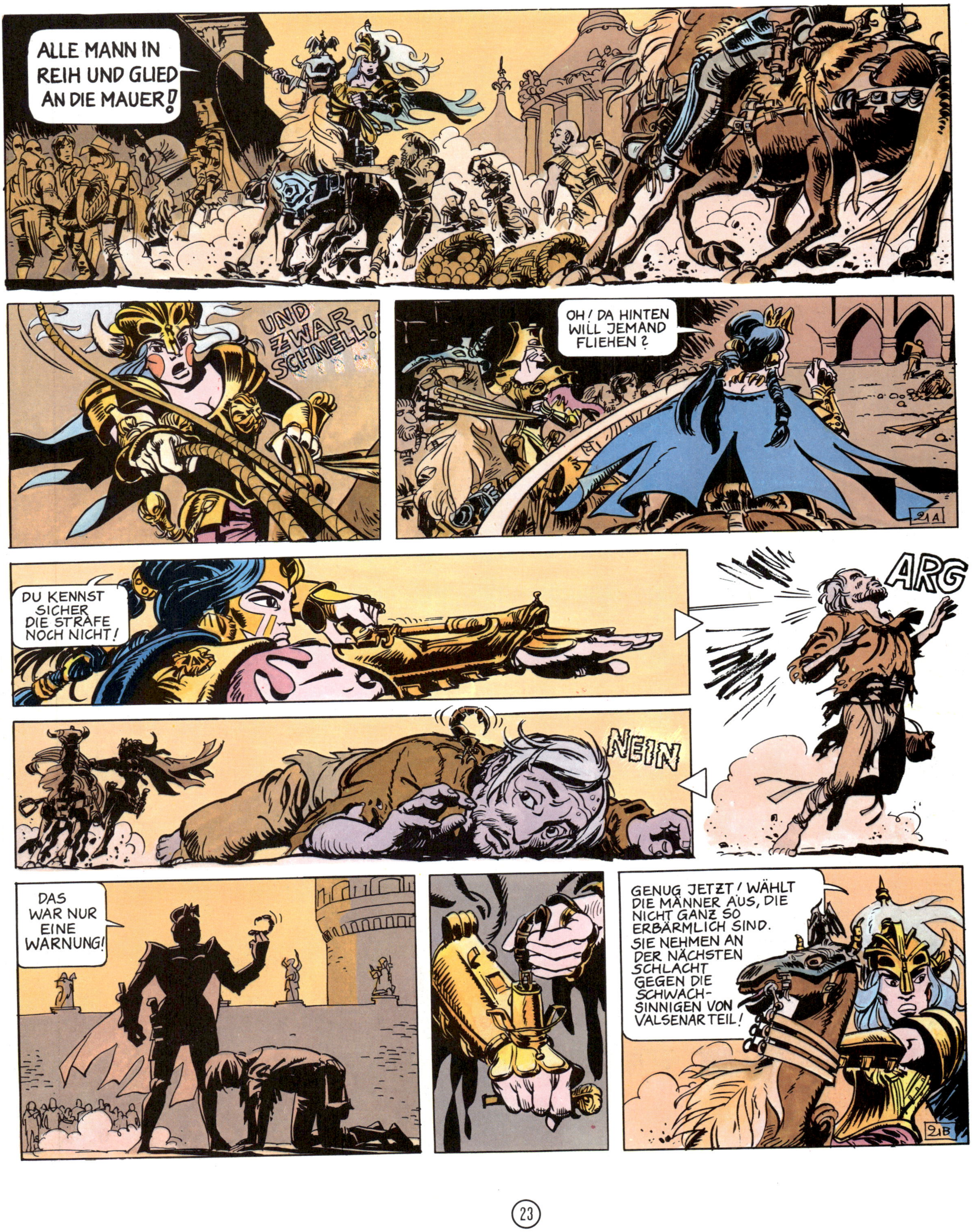

ALLE MANN IN REIH UND GLIED AN DIE MAUER!
UND ZWAR SCHNELL!
OH! DA HINTEN WILL JEMAND FLIEHEN?
21 A
DU KENNST SICHER DIE STRAFE NOCH NICHT!
ARG
NEIN
DAS WAR NUR EINE WARNUNG!
GENUG JETZT! WÄHLT DIE MÄNNER AUS, DIE NICHT GANZ SO ERBÄRMLICH SIND. SIE NEHMEN AN DER NÄCHSTEN SCHLACHT GEGEN DIE SCHWACHSINNIGEN VON VALSENAR TEIL!
21 B

BEIM ALL! ZWANGSAUSHEBUNG IN MALKA! WER HÄTTE DAS GEDACHT!
DU... UND DU... UND DU...
DAS TRIFFT SICH GUT! WENN ICH ERST MAL IN DER ARMEE BIN, WEISS ICH ÜBER ALLE AKTIONEN BESCHEID. VORAUSGESETZT, ICH GEFALLE DEN DAMEN...
EINE DEMÜTIGENDE VORSTELLUNG!...
ER IST NICHT SO ERBÄRMLICH WIE DIE ANDEREN! NEHMT IHN MIT! SO, DAS REICHT FÜR HEUTE...
IMMER ZWEI UND ZWEI! REDEN IST VERBOTEN! VORWÄRTS, ZU DEN KASERNEN DER TAUSEND WEIBLICHEN TUGENDEN!
22 A
UNTER PEITSCHENKNALLEN ZIEHT DIE TRUPPE ZUM ARMEEVIERTEL VON MALKA...
UND...
HIER IST DIE TRUPPENUNTERKUNFT! EURE AUSBILDUNG BEGINNT SOFORT!
22 B

ES IST EIN LANGER ERSCHÖPFENDER TAG. VALERIAN UND SEINE UNGLÜCKLICHEN MITSTREITER LERNEN DIE SCHRECKLICHEN WAFFEN VON MALKA KENNEN: KUTSCHUKS, FEUERSPEIER...
...TALAMS, GIFTSPUCKER...
...KLAMIPS MIT SCHNEIDENDER ZUNGE...
KANONEN MIT HAKENGE-SCHOSSEN...
OHNE DIE VIELEN UNFÄLLE ZU BEACHTEN...
... STRAFEN DIE ERBARMUNGSLOSEN KRIEGERINNEN DIE UNGESCHICKTEN UND STÖRRISCHEN.
J.C. MÉZIÈRES 23

ABENDS, BEI EINER KARGEN MAHLZEIT...
ICH BIN GESCHAFFT!
BAH... WENN MAN DICH SCHNAPPT, BIST DU GELIEFERT. BEI JEDER SCHLACHT GEHEN NEUN ZEHNTEL ALLER MÄNNER DRAUF...
ABER... ÄH, WAS SOLL DIESER KRIEG MIT VALSENAR?
NANU, WO KOMMT DER DENN HER? HA? DU BIST WOHL NICHT GANZ KLAR IM KOPF?
WEISST DU NICHT, DASS IN VALSENAR DIE MÄNNER KOMMANDIEREN? DAS LEBEN IN IHRER DRECKIGEN STADT SOLL SCHRECKLICH SEIN...
JAWOHL, SCHRECKLICH! UND DESHALB SIND WIR IM KRIEG MIT VALSENAR! HIER BEI UNS VERTEIDIGEN DIE FRAUEN DIE ZIVILISATION!
UND WIR SIND ALLE EINVERSTANDEN, STIMMT'S?
JA... TROTZDEM, JE EHER WIR DRAUFGEHEN, DESTO BESSER!
24A
DENN WENN DU DIE KÄMPFE ÜBERLEBST, SCHICKT MAN DICH IN DEN PALAST DER HÖCHSTEN WEIBLICHKEIT. WAS DORT MIT DIR GESCHIEHT, SOLL AM SCHLIMMSTEN SEIN...
TROTZDEM... SEID IHR... ICH MEINE, SIND WIR MÄNNER VON MALKA SCHON IMMER, ÄH, SO BEHANDELT WORDEN?
DU BIST WOHL VERRÜCKT! MÄNNER SIND MINDERWERTIG, DAS WEISS DOCH JEDER!
WIR SIND GERADE GUT GENUG, UM FLOGUMS ZU TRANSPORTIEREN, KINDER ZU PFLEGEN ODER DIE STADT ZU SÄUBERN! OB DU'S GLAUBST ODER NICHT!
WOLLT IHR EWIG WEITERSCHWATZEN, WIE DIE SCHWÄCHLINGE VON VALSENAR? INS BETT! MORGEN GEHT DER DRILL WEITER!...
ABER ABER... NICHT SO HITZIG!
SEI NUR VORSICHTIG, MEIN HERZCHEN!
JETZT SITZ ICH IN DER PATSCHE! ZWISCHEN VALSENAR UND MALKA TOBT DER KRIEG DER GESCHLECHTER! UND VERONIQUE KANN ICH NICHT RUFEN. AM BESTEN SCHLAFE ICH JETZT...
24B

WÄHRENDDESSEN ERREICHT DIE KARAWANE DER FRAUEN IHR ZIEL. UND VERONIQUE IST DABEI...
25 A
DAS IST VALSENAR! EIN SCHÖNER ORT! UND DIE FLOGUMS WERDEN GUT BEZAHLT...
25 B
HINTER DEN STADTTOREN...
AM BESTEN TRENNEN WIR UNS HIER...
JA, WIR MÜSSEN NOCH EIN STÜCK WEITER...
DANKE FÜR EURE HILFE! UND GUTE HEIMREISE! ICH BLEIBE HIER...
25 C

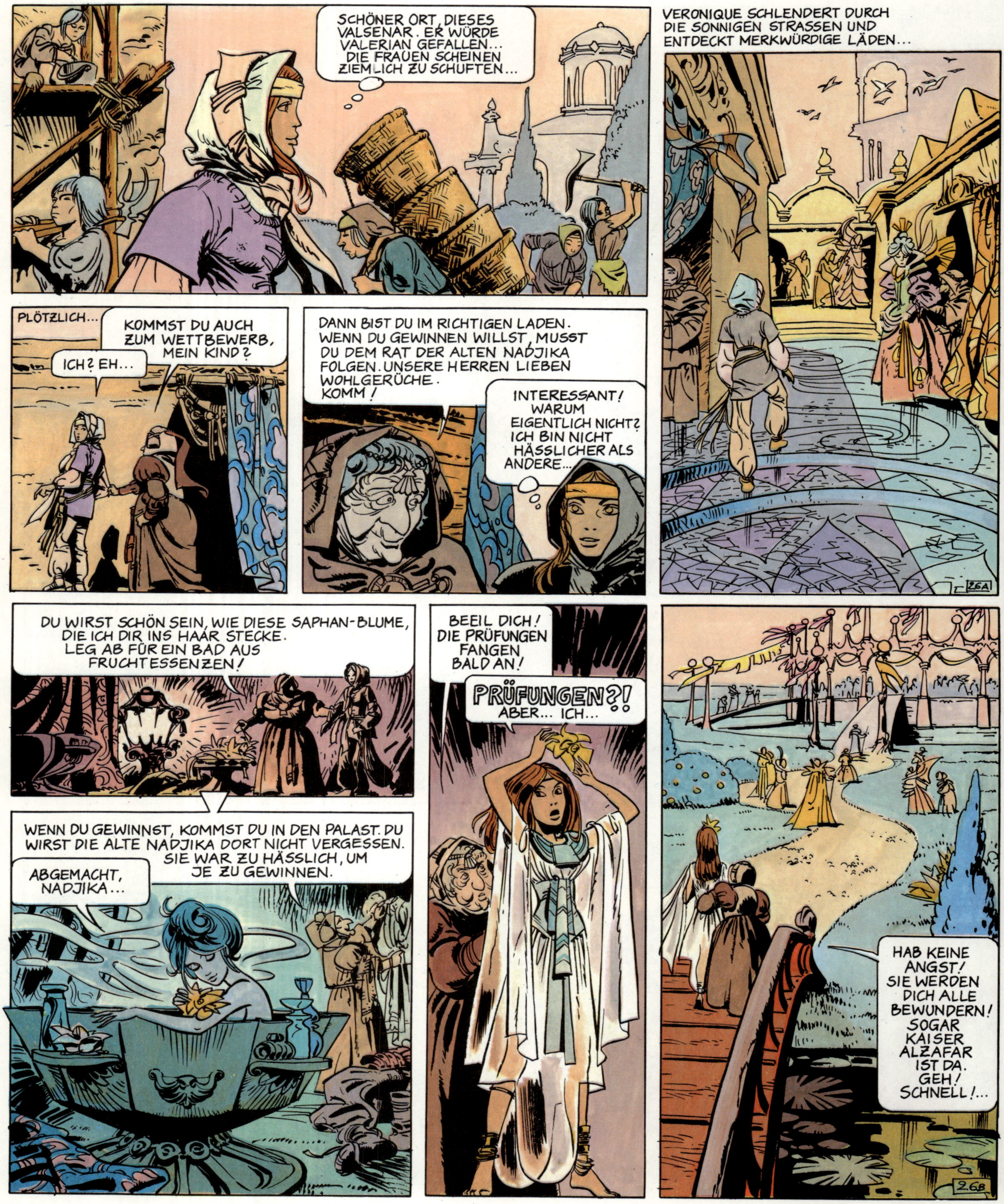
SCHÖNER ORT, DIESES VALSENAR. ER WÜRDE VALERIAN GEFALLEN... DIE FRAUEN SCHEINEN ZIEMLICH ZU SCHUFTEN...
VERONIQUE SCHLENDERT DURCH DIE SONNIGEN STRASSEN UND ENTDECKT MERKWÜRDIGE LÄDEN...
PLÖTZLICH...
KOMMST DU AUCH ZUM WETTBEWERB, MEIN KIND?
ICH? EH...
DANN BIST DU IM RICHTIGEN LADEN. WENN DU GEWINNEN WILLST, MUSST DU DEM RAT DER ALTEN NADJIKA FOLGEN. UNSERE HERREN LIEBEN WOHLGERÜCHE. KOMM!
INTERESSANT! WARUM EIGENTLICH NICHT? ICH BIN NICHT HÄSSLICHER ALS ANDERE...
DU WIRST SCHÖN SEIN, WIE DIESE SAPHAN-BLUME, DIE ICH DIR INS HAAR STECKE. LEG AB FÜR EIN BAD AUS FRUCHTESSENZEN!
WENN DU GEWINNST, KOMMST DU IN DEN PALAST. DU WIRST DIE ALTE NADJIKA DORT NICHT VERGESSEN. SIE WAR ZU HÄSSLICH, UM JE ZU GEWINNEN.
ABGEMACHT, NADJIKA...
BEEIL DICH! DIE PRÜFUNGEN FANGEN BALD AN!
PRÜFUNGEN?! ABER... ICH...
HAB KEINE ANGST! SIE WERDEN DICH ALLE BEWUNDERN! SOGAR KAISER ALZAFAR IST DA. GEH! SCHNELL!...

UNTER DEN GENÜSSLICHEN BLICKEN DES HOFES...
... BEGINNEN DIE PRÜFUNGEN.
DER WETTBEWERB DAUERT EINEN GANZEN HEISSEN TAG LANG: VERONIQUE MUSS KOCHEN, WEBEN, MUSIZIEREN...
DANEBEN! ICH HAB HALT KEINE ÜBUNG MEHR! BEIM RAUM-ZEIT-SERVICE IST ALLES FIX UND FERTIG.
DAS IST WIRKLICH DAS LETZTE VOM LETZTEN!

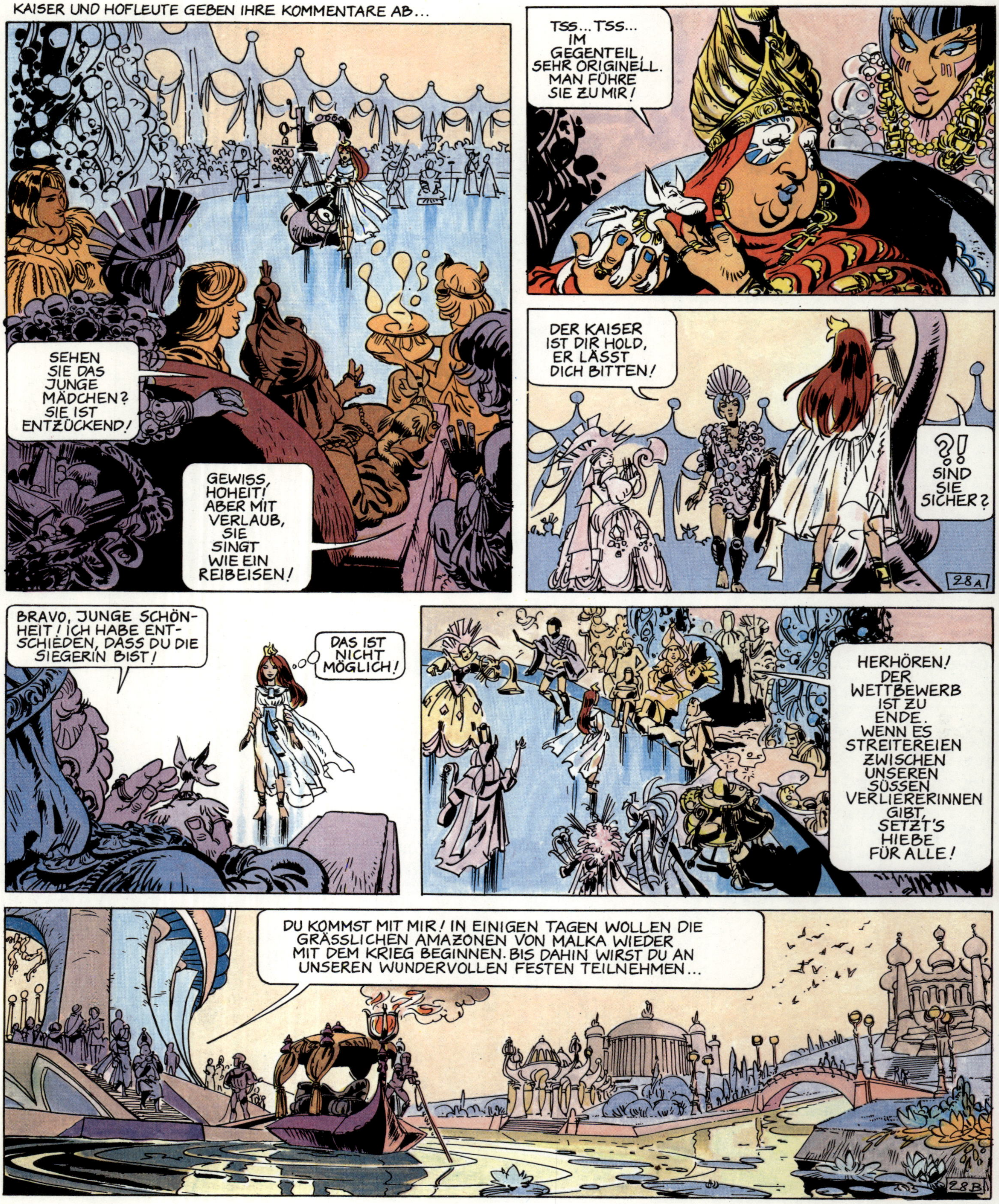

KAISER UND HOFLEUTE GEBEN IHRE KOMMENTARE AB...
SEHEN SIE DAS JUNGE MÄDCHEN? SIE IST ENTZÜCKEND!
GEWISS, HOHEIT! ABER MIT VERLAUB, SIE SINGT WIE EIN REIBEISEN!
TSS... TSS... IM GEGENTEIL SEHR ORIGINELL. MAN FÜHRE SIE ZU MIR!
DER KAISER IST DIR HOLD, ER LÄSST DICH BITTEN!
?! SIND SIE SICHER?
BRAVO, JUNGE SCHÖNHEIT! ICH HABE ENTSCHIEDEN, DASS DU DIE SIEGERIN BIST!
DAS IST NICHT MÖGLICH!
HERHÖREN! DER WETTBEWERB IST ZU ENDE. WENN ES STREITEREIEN ZWISCHEN UNSEREN SÜSSEN VERLIERERINNEN GIBT, SETZT'S HIEBE FÜR ALLE!
DU KOMMST MIT MIR! IN EINIGEN TAGEN WOLLEN DIE GRÄSSLICHEN AMAZONEN VON MALKA WIEDER MIT DEM KRIEG BEGINNEN. BIS DAHIN WIRST DU AN UNSEREN WUNDERVOLLEN FESTEN TEILNEHMEN...

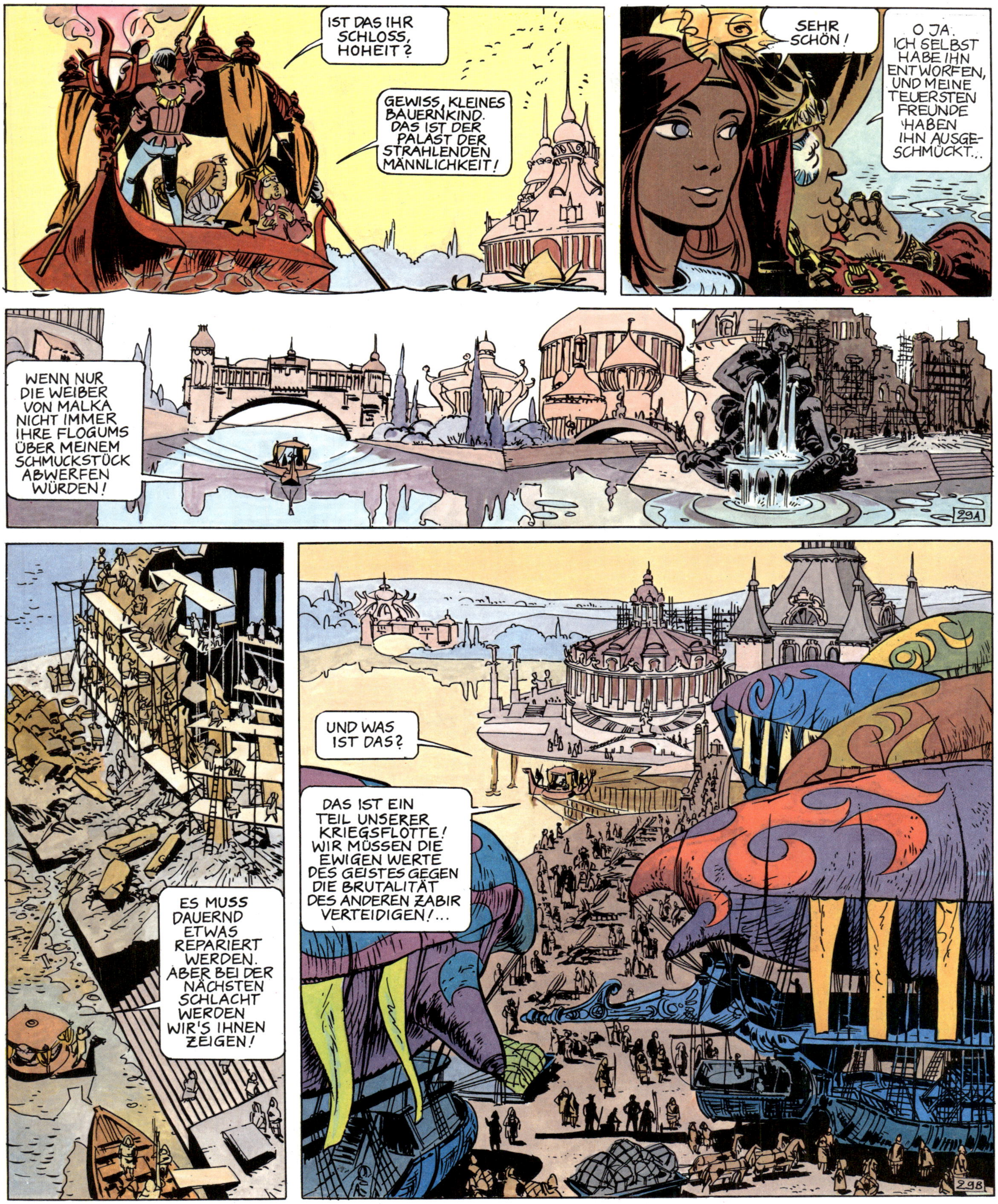
IST DAS IHR SCHLOSS, HOHEIT?
GEWISS, KLEINES BAUERNKIND. DAS IST DER PALAST DER STRAHLENDEN MÄNNLICHKEIT!
SEHR SCHÖN!
O JA. ICH SELBST HABE IHN ENTWORFEN, UND MEINE TEUERSTEN FREUNDE HABEN IHN AUSGESCHMÜCKT...
WENN NUR DIE WEIBER VON MALKA NICHT IMMER IHRE FLOGUMS ÜBER MEINEM SCHMUCKSTÜCK ABWERFEN WÜRDEN!
29A
ES MUSS DAUERND ETWAS REPARIERT WERDEN. ABER BEI DER NÄCHSTEN SCHLACHT WERDEN WIR'S IHNEN ZEIGEN!
UND WAS IST DAS?
DAS IST EIN TEIL UNSERER KRIEGSFLOTTE! WIR MÜSSEN DIE EWIGEN WERTE DES GEISTES GEGEN DIE BRUTALITÄT DES ANDEREN ZABIR VERTEIDIGEN!...
29B

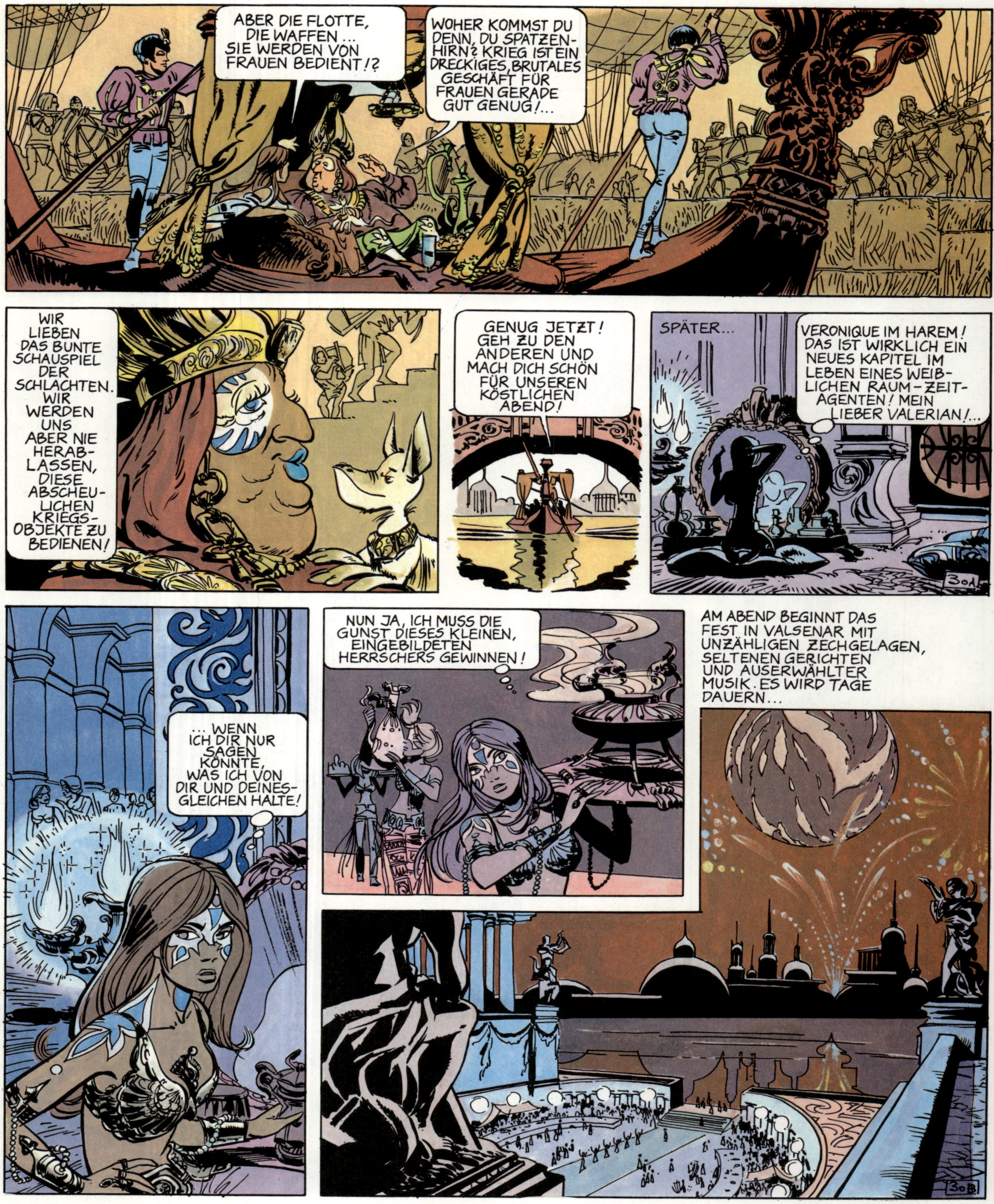
ABER DIE FLOTTE, DIE WAFFEN ... SIE WERDEN VON FRAUEN BEDIENT!?
WOHER KOMMST DU DENN, DU SPATZENHIRN? KRIEG IST EIN DRECKIGES, BRUTALES GESCHÄFT FÜR FRAUEN GERADE GUT GENUG!...
WIR LIEBEN DAS BUNTE SCHAUSPIEL DER SCHLACHTEN. WIR WERDEN UNS ABER NIE HERABLASSEN, DIESE ABSCHEULICHEN KRIEGSOBJEKTE ZU BEDIENEN!
GENUG JETZT! GEH ZU DEN ANDEREN UND MACH DICH SCHÖN FÜR UNSEREN KÖSTLICHEN ABEND!
SPÄTER...
VERONIQUE IM HAREM! DAS IST WIRKLICH EIN NEUES KAPITEL IM LEBEN EINES WEIBLICHEN RAUM-ZEIT-AGENTEN! MEIN LIEBER VALERIAN!...
30A
... WENN ICH DIR NUR SAGEN KÖNNTE, WAS ICH VON DIR UND DEINESGLEICHEN HALTE!
NUN JA, ICH MUSS DIE GUNST DIESES KLEINEN, EINGEBILDETEN HERRSCHERS GEWINNEN!
AM ABEND BEGINNT DAS FEST IN VALSENAR MIT UNZÄHLIGEN ZECHGELAGEN, SELTENEN GERICHTEN UND AUSERWÄHLTER MUSIK. ES WIRD TAGE DAUERN...
30B

IN MALKA, WO DAS TRAINING WEITERGEHT, ENTDECKT VALERIAN DIE RIESIGE KRIEGSFLOTTE DER BEFESTIGTEN STADT...
ERST MUSS VALERIAN FLIEGENDE SCHIFFE MIT FLOGUMS BELADEN, DIE FÜR DIE FRAUENOFFIZIERE RESERVIERT SIND...
DANN MUSS ER IN EIN RIESIGES LUFTSCHIFF, IN DEM HUNDERTE VON MÄNNERN DIE FINSTERSTEN HELDENROLLEN DER SCHLACHT ÜBERNEHMEN SOLLEN...
AM TAG, AN DEM DIE SCHLACHT BEGINNT...
SCHAU GUT HIN! DU KANNST UNSERE KÖNIGIN SEHEN, WENN SIE ZU IHREM SCHIFF GEHT...
IST SIE SCHÖN?
31A
WUNDERSCHÖN! DA IST SIE MIT IHREM REGIMENTS-STAB!
ES LEBE KLOPKA!
WIRKLICH EIN VERGNÜGEN, FÜR SIE ZU STERBEN!
BALD DARAUF ERHEBEN SICH DIE SCHIFFE IN DIE LUFT. VON SURRENDEN INSEKTENGESPANNEN GEZOGEN, VERLASSEN SIE DIE MÄCHTIGE STADT DER FRAUEN...
31B

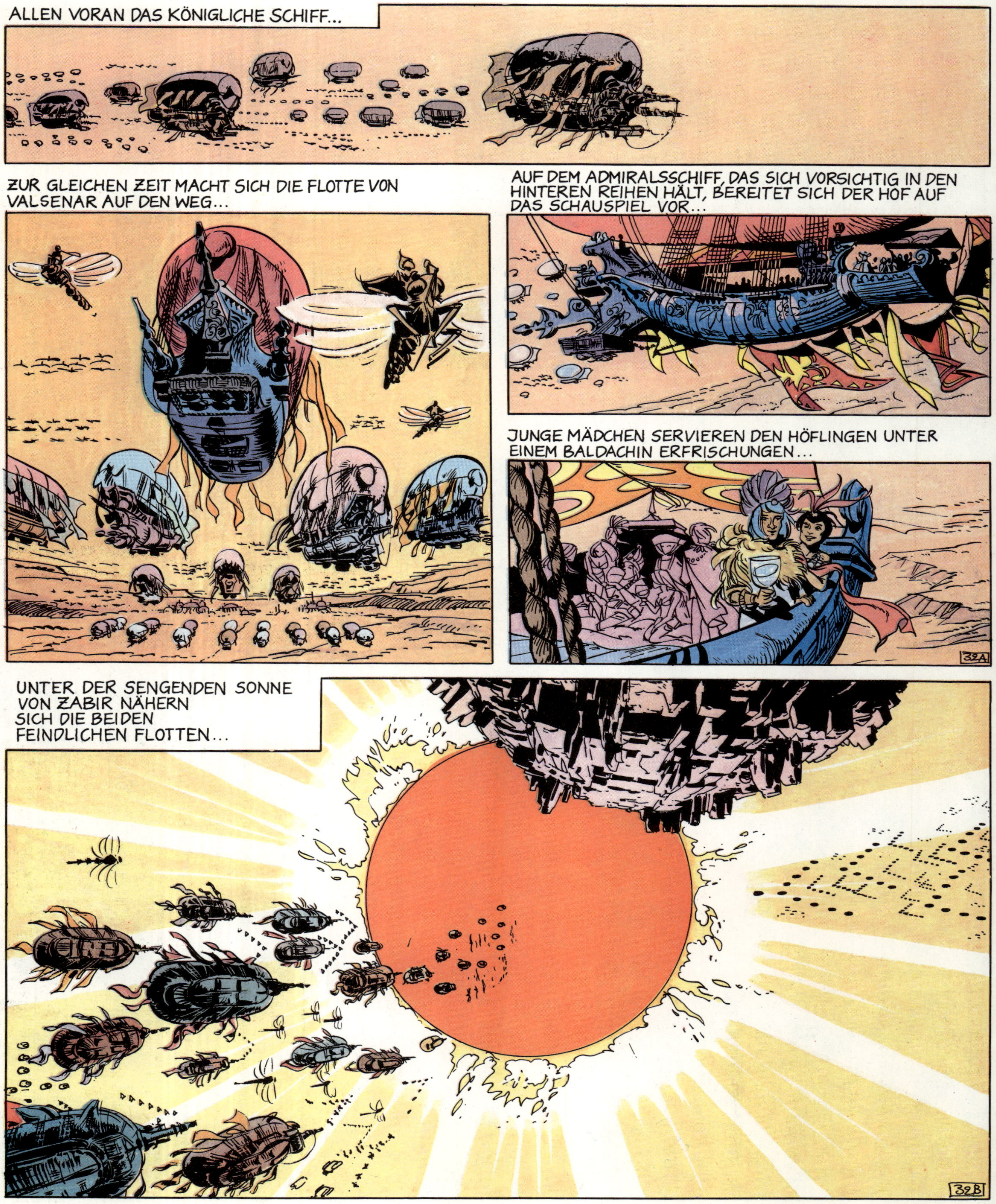
ALLEN VORAN DAS KÖNIGLICHE SCHIFF...
ZUR GLEICHEN ZEIT MACHT SICH DIE FLOTTE VON VALSENAR AUF DEN WEG...
AUF DEM ADMIRALSSCHIFF, DAS SICH VORSICHTIG IN DEN HINTEREN REIHEN HÄLT, BEREITET SICH DER HOF AUF DAS SCHAUSPIEL VOR...
JUNGE MÄDCHEN SERVIEREN DEN HÖFLINGEN UNTER EINEM BALDACHIN ERFRISCHUNGEN...
32A
UNTER DER SENGENDEN SONNE VON ZABIR NÄHERN SICH DIE BEIDEN FEINDLICHEN FLOTTEN...
32B

DIE ERBARMUNGSLOSE SCHLACHT BEGINNT: FLEISCHFRESSENDE GRANATEN AUS VALSENAR GEGEN KUTSCHUK-FEUER-SPEIER AUS MALKA...
33A

GREIFEISEN ZWINGEN DIE FEINDE ZUM NAHKAMPF...
33B

AM HIMMEL DES HOHLEN PLANETEN WÜTET DIE SCHLACHT... DIE FLOGUM-SCHIFFE TRETEN IN AKTION...

DAS ENTSETZLICHE TOBEN WIRD IMMER STÄRKER, UND DIE ATMOSPHÄRE VON ZABIR WIRD IN EINEM FÜRCHTERLICHEN FEUER ZERRISSEN...

UND VALERIAN STEHT MITTEN IM KAMPF...

VALERIAN RAST AN DEN VOLLBESETZTEN SCHIFFEN VORBEI. ARME KREATUREN BEIDERLEI GESCHLECHTS SIND GEZWUNGEN, SICH IN EINEM KRIEG ZU VERNICHTEN, DER NICHT DER IHRE IST...
VALERIAN GREIFT DIE SCHIFFE VON VALSENAR AN..
35 A
MÜHELOS DURCHBRICHT ER DIE FEINDLICHEN LINIEN UND BAHNT SICH DEN WEG ZUR KAISERSTADT...
ÜBER DEM PALAST WIRFT ER SEINE FLOGUMS AB.
35 B
UND VIEL HÖHER AM HIMMEL...
DAS IST JA EINER VON UNS! MAN BRINGE DIESEN FANTASTISCHEN KÄMPFER NACH DER SCHLACHT ZU MIR!
OHHHH! MEIN SCHÖNER PALAST! OHHHH!
WEINEN SIE NICHT, HOHEIT! IHRE TRUPPEN SIND SICHER SCHON DABEI, MALKA ZU BOMBARDIEREN...
35 C

UND...
SIE HABEN MICH NOCH NICHT BEMERKT! DANN KANN ICH MEINEN LETZTEN COUP STARTEN!
ICH GREIFE DAS ADMIRALSSCHIFF VON VALSENAR AN!
NANU! WIR WERDEN ANGEGRIFFEN!
DAS HAT ES NOCH NIE GEGEBEN! WAS HAT DAS ZU BEDEUTEN?
HILFE!
WAS IST DAS?
EINE ARMBRUST! LASS LIEGEN! WIR MÜSSEN UNS VERSTECKEN!
36A
SCHTONK
!
WOZU DIE PANIK?! SCHAUEN SIE HER!
OOOH! DAS IST VALERIAN!
BRAVO, VERONIQÚE! DU HAST GUT GEZIELT!
LEIDER!... MEIN ARMES TIER IST HIN... UND ICH AUCH.
36B

ABER... DA UNTEN IST EIN SCHIFF!
37A
ES SIEHT SCHLIMM AUS! UND DAZU DIE HITZE! DIE SONNE IST VOLL AKTIV. UND WIR HELFEN DEN BEWOHNERN VON ZABIR NOCH, SICH GEGENSEITIG UMZUBRINGEN!... DER FALL DES PLANETEN INS ALL WIRD BESCHLEUNIGT...
ENDLICH! ES IST SOWEIT! AUF NACH MALKA! DIE SCHLACHT IST VORBEI! SIE ZIEHEN SICH ZURÜCK...
ABENDS IN MALKA... AUS DEM PALAST DER HÖCHSTEN WEIBLICHKEIT IST SIEGESGESCHREI ZU HÖREN...
EIN EIGENES LUXUSGEMACH HABEN SIE MIR ZUGETEILT! DAS IST DER HÖHEPUNKT MEINER KARRIERE! NUN KANN ICH VERONIQUE RUFEN...
UND IN VALSENAR, IN EINEM UNVERSEHRTEN FLÜGEL DES PALASTES DER STRAHLENDEN MÄNNLICHKEIT...
NUN BIN ICH DIE FAVORITIN DES KAISERS! ABER DAS HAT BEINAHE VALERIANS LEBEN GEKOSTET. OB ER VERLETZT IST?...
37B

GLEICHZEITIG...
VALERIAN!
VERONIQUE!
HERRLICH, DICH ZU HÖREN! ICH HATTE SOLCHE ANGST!...
ICH HAB MIR AUCH SORGEN GEMACHT UM DICH. STELL DIR VOR, ICH HABE EIN STELLDICHEIN MIT DER KÖNIGIN...
SO EIN ZUFALL! DER KAISER ERWARTET MICH IN SEINEM LUST-SCHLÖSSCHEN IM PARK...
JA, WIRK-LICH?
DANN KÖNNEN WIR GLEICHZEITIG HANDELN! HIER IST MEIN PLAN: DIE ZABIRER SIND ZU UNWISSEND, UM ZU ERKENNEN, WELCHE GEFAHR IHNEN DROHT...
WIR MÜSSEN SIE ÜBERRUMPELN. HEUTE NACHT ENTFÜHREN WIR DEN KAISER UND DIE KÖNIGIN. IN DIESEM CHAOS FINDE ICH SICHER AUCH EIN LUFTSCHIFF.
UND ICH HABE SCHON EINES IM PARK IN DER NÄHE DES PALASTES VERSTECKT!
38A
DU HAST SCHON VIEL GELERNT... WIR TREFFEN UNS SO SCHNELL WIE MÖGLICH BEI UNSEREM RAUMBOOT. VIEL GLÜCK, MEINE LIEBE!
DIR AUCH! KÜSSCHEN!
EINIGE MINUTEN SPÄTER IN VALSENAR...
DA IST UNSERE TAPFERE KRIEGERIN! KOMM VERONIQUE! LASST UNS ALLEIN!
UND IN MALKA...
DU BIST ALSO DER HELD! ETWAS SCHMÄCHTIG, ABER ALS MANN ERSTAUNLICH! KOMM, LASS DICH UMARMEN!
38.B

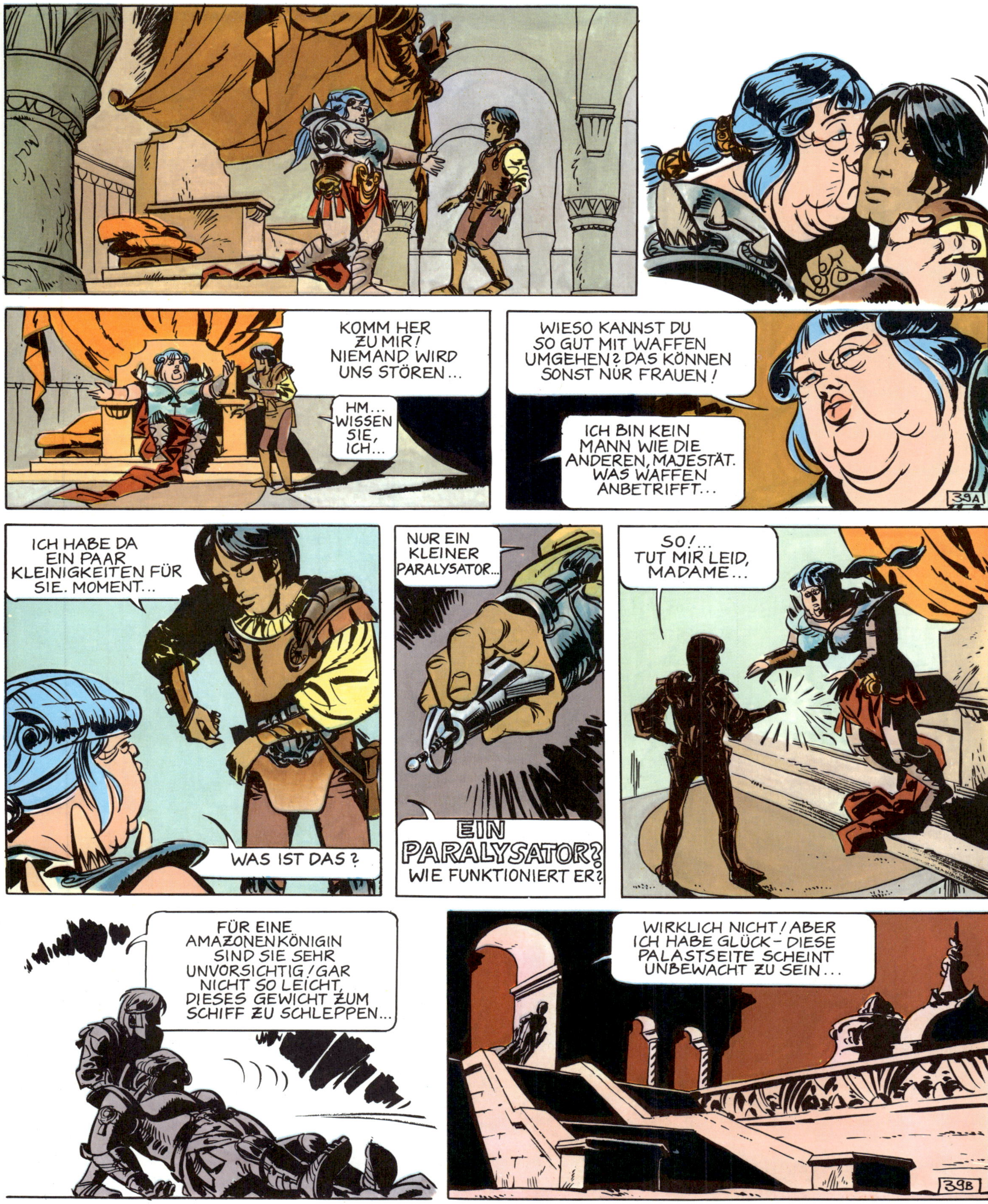
KOMM HER ZU MIR! NIEMAND WIRD UNS STÖREN...
HM... WISSEN SIE, ICH...
WIESO KANNST DU SO GUT MIT WAFFEN UMGEHEN? DAS KÖNNEN SONST NUR FRAUEN!
ICH BIN KEIN MANN WIE DIE ANDEREN, MAJESTÄT. WAS WAFFEN ANBETRIFFT...
39A
ICH HABE DA EIN PAAR KLEINIGKEITEN FÜR SIE. MOMENT...
WAS IST DAS?
NUR EIN KLEINER PARALYSATOR...
EIN PARALYSATOR? WIE FUNKTIONIERT ER?
SO!... TUT MIR LEID, MADAME...
FÜR EINE AMAZONENKÖNIGIN SIND SIE SEHR UNVORSICHTIG! GAR NICHT SO LEICHT, DIESES GEWICHT ZUM SCHIFF ZU SCHLEPPEN...
WIRKLICH NICHT! ABER ICH HABE GLÜCK - DIESE PALASTSEITE SCHEINT UNBEWACHT ZU SEIN...
39B

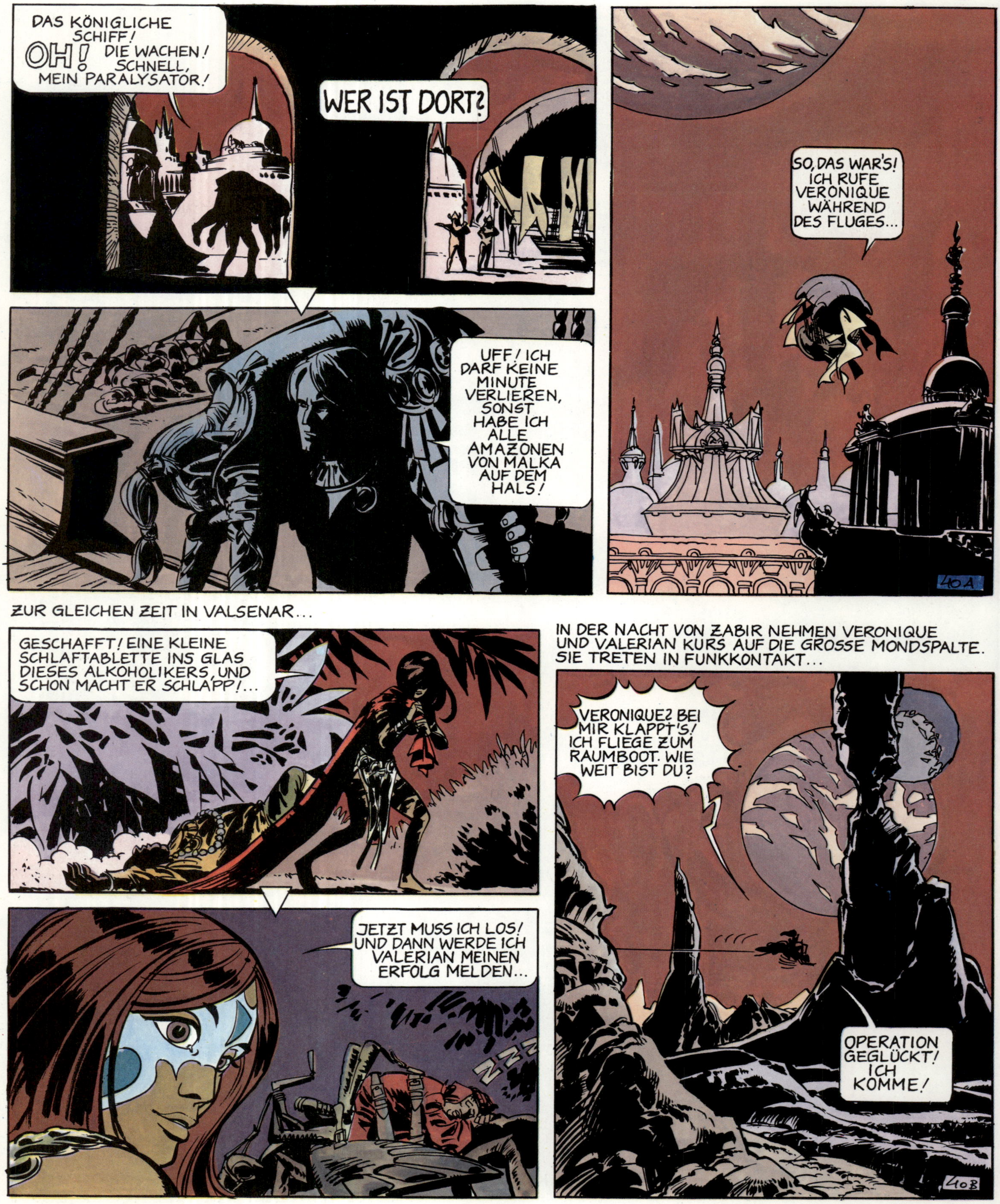
DAS KÖNIGLICHE SCHIFF! OH! DIE WACHEN! SCHNELL, MEIN PARALYSATOR!
WER IST DORT?
UFF! ICH DARF KEINE MINUTE VERLIEREN, SONST HABE ICH ALLE AMAZONEN VON MALKA AUF DEM HALS!
SO, DAS WAR'S! ICH RUFE VERONIQUE WÄHREND DES FLUGES...
40 A
ZUR GLEICHEN ZEIT IN VALSENAR...
GESCHAFFT! EINE KLEINE SCHLAFTABLETTE INS GLAS DIESES ALKOHOLIKERS, UND SCHON MACHT ER SCHLAPP!...
JETZT MUSS ICH LOS! UND DANN WERDE ICH VALERIAN MEINEN ERFOLG MELDEN...
IN DER NACHT VON ZABIR NEHMEN VERONIQUE UND VALERIAN KURS AUF DIE GROSSE MONDSPALTE. SIE TRETEN IN FUNKKONTAKT...
VERONIQUE? BEI MIR KLAPPT'S! ICH FLIEGE ZUM RAUMBOOT. WIE WEIT BIST DU?
OPERATION GEGLÜCKT! ICH KOMME!
40 B

EINIGE STUNDEN SPÄTER...
DAS RAUMBOOT IST BEREIT! KLOPKA KOMMT ZU SICH. UND DA IST AUCH VERONIQUE!
41 A
DARF ICH DIR KAISER ALZAFAR VORSTELLEN! ER IST NOCH EIN BISSCHEN BENOMMEN, ABER DAS GIBT SICH...
UND DAS IST KÖNIGIN KLOPKA. NOCH EIN BISSCHEN STEIF, ABER SONST GEHT'S IHR GUT.
ES SIEHT SCHLECHT AUS, VERONIQUE. DIE SCHLACHT HAT ZABIR IN DAS ANZIEHUNGSFELD DES SONNENSYSTEMS VON UKBAR GETRIEBEN. UNS BLEIBEN NUR NOCH WENIGE TAGE...
WAS HAST DU VOR?
WIR SIND AUF DIE HILFE DER ZABIRER ANGEWIESEN. SIE MÜSSEN DAS UNIVERSUM VERSTEHEN. VIELLEICHT SOLLTEN WIR IHNEN DIE STERNE ZEIGEN...
41 B
SIEH NUR!
PAFF
AU
HE DA! JETZT BITTE NICHT!
DIESE FURIE GREIFT MICH AN!
DER LÜMMEL VERPESTET DIE LUFT MIT DIESEM SCHRECKLICHEN ALKOHOL! PUH, DAS STINKT!
41 C

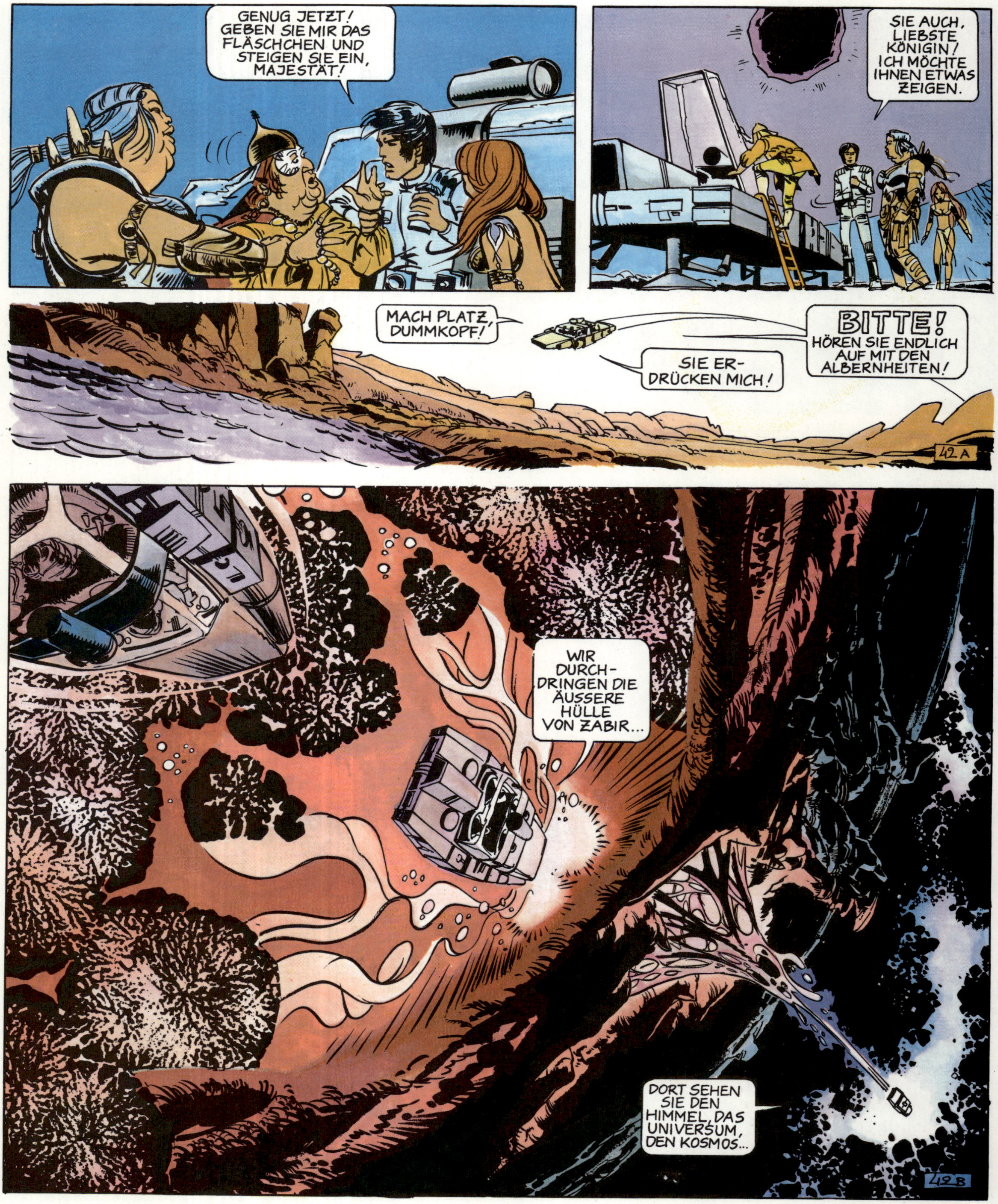
GENUG JETZT! GEBEN SIE MIR DAS FLÄSCHCHEN UND STEIGEN SIE EIN, MAJESTÄT!
SIE AUCH, LIEBSTE KÖNIGIN! ICH MÖCHTE IHNEN ETWAS ZEIGEN.
MACH PLATZ, DUMMKOPF!
SIE ER-DRÜCKEN MICH!
BITTE! HÖREN SIE ENDLICH AUF MIT DEN ALBERNHEITEN!
42 A
WIR DURCH-DRINGEN DIE ÄUSSERE HÜLLE VON ZABIR...
DORT SEHEN SIE DEN HIMMEL, DAS UNIVERSUM, DEN KOSMOS...
42 B

ICH VERSTEHE DAS NICHT! WO SIND WIR? WOHER KOMMEN DIE KLEINEN LICHTER DORT?
DUMMKOPF! DAS SIND GLITZERSTEINCHEN AN EINEM RIESIGEN STÜCK SCHWARZEN STOFF. DAS IST DOCH EINFACH...
ICH WIDERSPRECHE IHNEN NICHT GERN, MAJESTÄT! ABER UM UNS IST DAS NICHTS, UND JEDES LICHT IST EINE SONNE, UM DIE SICH WELTEN DREHEN, SO WIE ZABIR.
DAS NICHTS?
ANDERE ZABIR! NICHT MÖGLICH!
WAS IST?
BOM BOM
SIE SIND OHNMÄCHTIG GEWORDEN!
43A
DIE ENTDECKUNG VON STERNEN MUSS EIN GROSSER SCHOCK FÜR JEMANDEN AUS DER WELT VON ZABIR SEIN. ICH GLAUBE, SIE BRAUCHEN EINEN LEHRGANG UNTER INTENSIV-HYPNOSE...
VERSTANDEN! ICH STEURE ZUM RAUMSCHIFF!
SPÄTER IN DER HYPNOTHEK DER GROSSEN ERDMASCHINE, NACH LANGER BEARBEITUNG DER GEHIRNE...
DAS IST ALSO DAS UNIVERSUM! OH, MEIN KOPF TUT WEH!
DU WINZLING! ICH HABE ALLES MÜHELOS AUFGENOMMEN!
SIE WISSEN JETZT, DASS ZABIR OHNE SCHNELLES EINGREIFEN VERLOREN IST. ICH WEISS, WIE WIR DEN UNTERGANG IHRER WELT AUFHALTEN KÖNNEN...
43B

ICH BRAUCHE SÄMTLICHE FLOGUMRESERVEN! DAS VOLK LEMM KANN MIT IHNEN UMGEHEN. ES MUSS HELFEN. MEINE FREUNDIN VERONIQUE TRANSPORTIERT SIE HIERHER. KANN ICH AUF IHRE HILFE ZÄHLEN?
DU KANNST ES, ERDBEWOHNER!
SIE KEHREN JETZT IN IHRE STÄDTE ZURÜCK! DURCH DIE GERINGSTE VERZÖGERUNG WÜRDE ALLES VERNICHTET – AUCH DIE WELT VON UKBAR, DIE SIE VORHIN ENTDECKT HABEN...
EINIGE STUNDEN SPÄTER... IM LAND OHNE STERNE, IN DER WELT VON ZABIR, MIT SEINER SENGENDEN SONNE, HERRSCHT VERZWEIFELTE BETRIEBSAMKEIT...
DIE GEFAHR LÄSST DIE BEDRÜCKENDE VERGANGENHEIT VERGESSEN.
IN MALKA UND VALSENAR ARBEITEN MÄNNER UND FRAUEN SEITE AN SEITE, UM IHREN PLANETEN ZU RETTEN.
44B

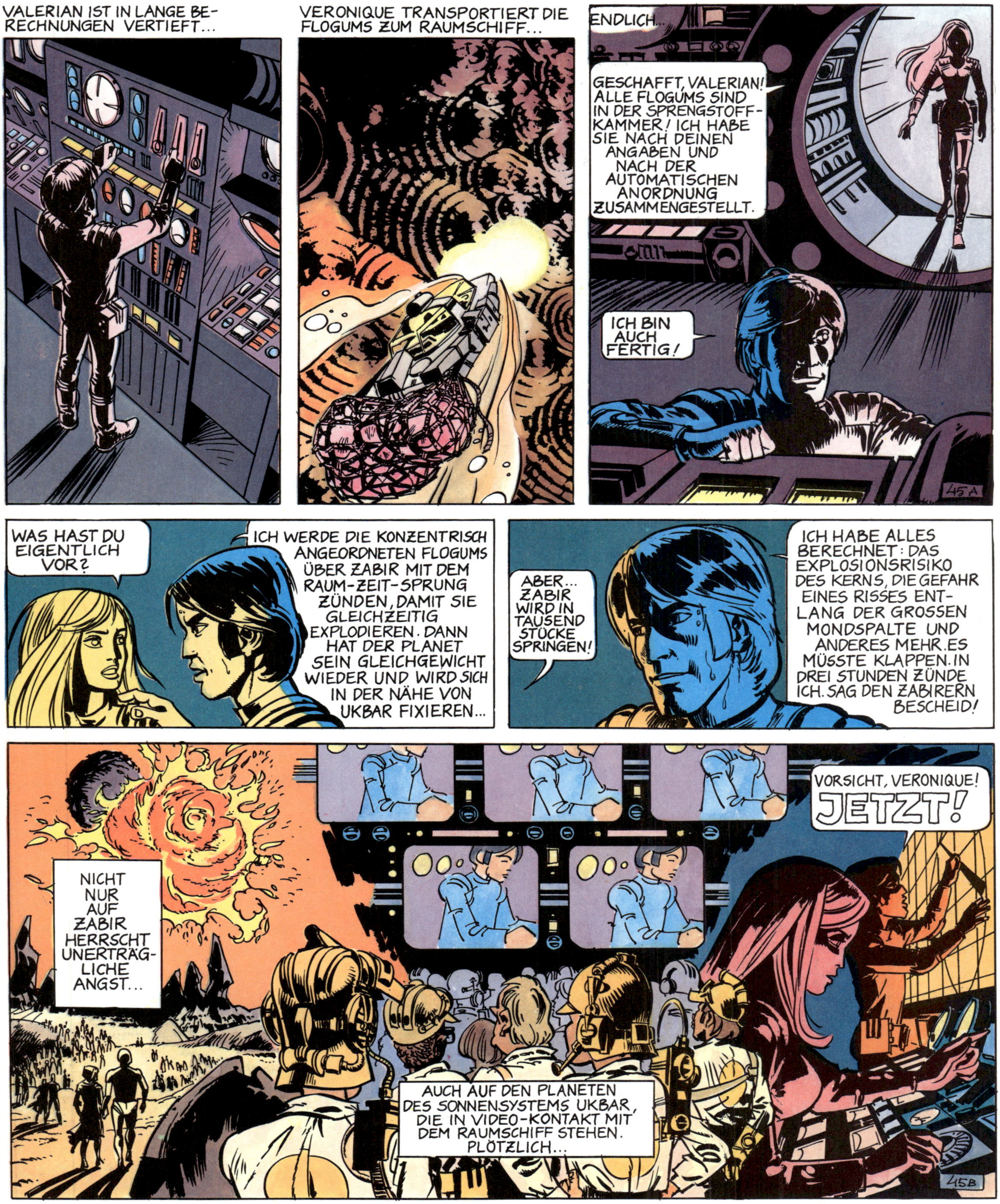
VALERIAN IST IN LANGE BERECHNUNGEN VERTIEFT...
VERONIQUE TRANSPORTIERT DIE FLOGUMS ZUM RAUMSCHIFF...
ENDLICH...
GESCHAFFT, VALERIAN! ALLE FLOGUMS SIND IN DER SPRENGSTOFFKAMMER! ICH HABE SIE NACH DEINEN ANGABEN UND NACH DER AUTOMATISCHEN ANORDNUNG ZUSAMMENGESTELLT.
ICH BIN AUCH FERTIG!
45 A
WAS HAST DU EIGENTLICH VOR?
ICH WERDE DIE KONZENTRISCH ANGEORDNETEN FLOGUMS ÜBER ZABIR MIT DEM RAUM-ZEIT-SPRUNG ZÜNDEN, DAMIT SIE GLEICHZEITIG EXPLODIEREN. DANN HAT DER PLANET SEIN GLEICHGEWICHT WIEDER UND WIRD SICH IN DER NÄHE VON UKBAR FIXIEREN...
ABER... ZABIR WIRD IN TAUSEND STÜCKE SPRINGEN!
ICH HABE ALLES BERECHNET: DAS EXPLOSIONSRISIKO DES KERNS, DIE GEFAHR EINES RISSES ENTLANG DER GROSSEN MONDSPALTE UND ANDERES MEHR. ES MÜSSTE KLAPPEN. IN DREI STUNDEN ZÜNDE ICH. SAG DEN ZABIRERN BESCHEID!
NICHT NUR AUF ZABIR HERRSCHT UNERTRÄGLICHE ANGST...
AUCH AUF DEN PLANETEN DES SONNENSYSTEMS UKBAR, DIE IN VIDEO-KONTAKT MIT DEM RAUMSCHIFF STEHEN. PLÖTZLICH...
VORSICHT, VERONIQUE!
JETZT!
45 B

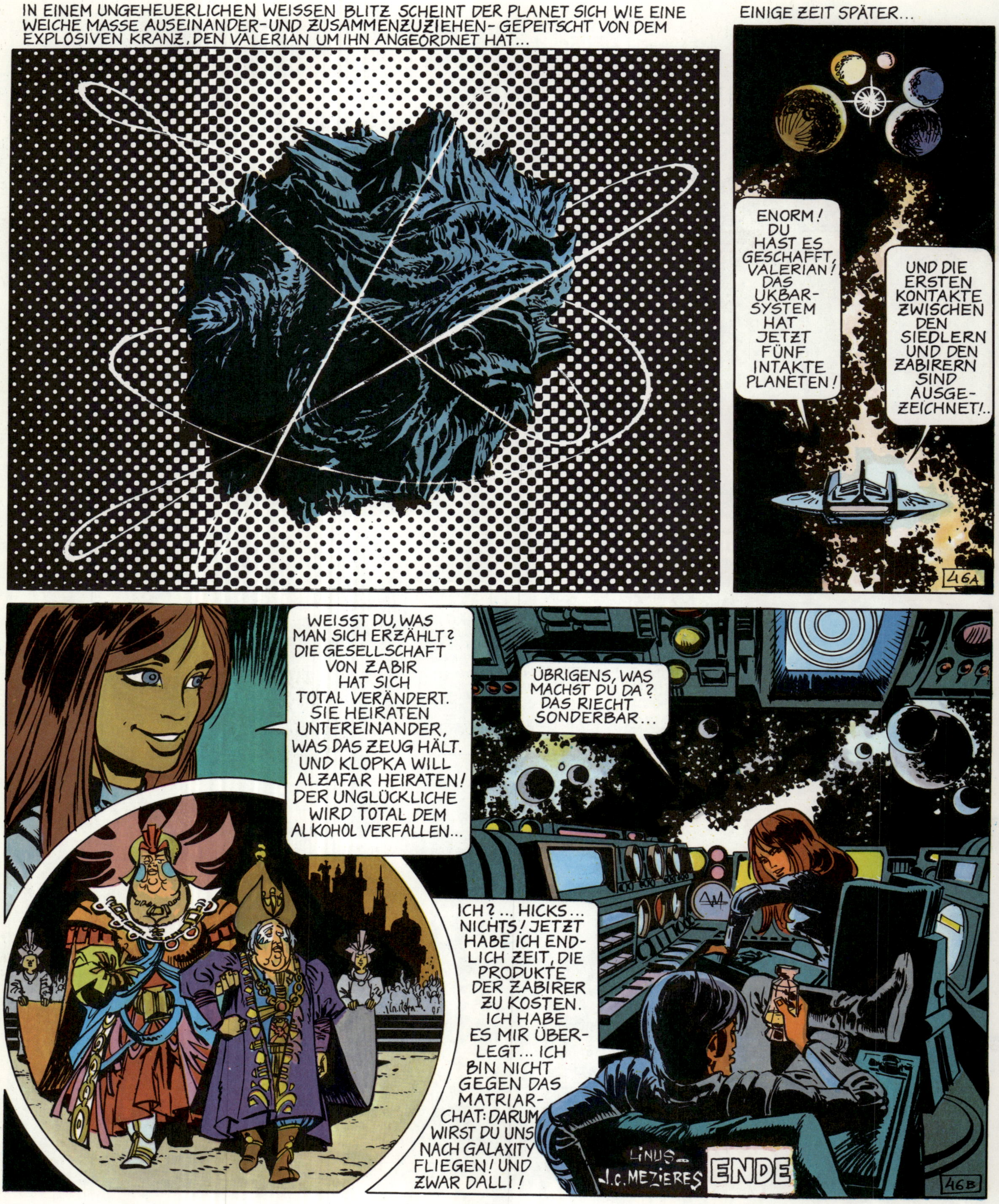
IN EINEM UNGEHEUERLICHEN WEISSEN BLITZ SCHEINT DER PLANET SICH WIE EINE WEICHE MASSE AUSEINANDER-UND ZUSAMMENZUZIEHEN- GEPEITSCHT VON DEM EXPLOSIVEN KRANZ, DEN VALERIAN UM IHN ANGEORDNET HAT...
EINIGE ZEIT SPÄTER...
ENORM! DU HAST ES GESCHAFFT, VALERIAN! DAS UKBAR-SYSTEM HAT JETZT FÜNF INTAKTE PLANETEN!
UND DIE ERSTEN KONTAKTE ZWISCHEN DEN SIEDLERN UND DEN ZABIRERN SIND AUSGEZEICHNET!..
46A
WEISST DU, WAS MAN SICH ERZÄHLT? DIE GESELLSCHAFT VON ZABIR HAT SICH TOTAL VERÄNDERT. SIE HEIRATEN UNTEREINANDER, WAS DAS ZEUG HÄLT. UND KLOPKA WILL ALZAFAR HEIRATEN! DER UNGLÜCKLICHE WIRD TOTAL DEM ALKOHOL VERFALLEN...
ÜBRIGENS, WAS MACHST DU DA? DAS RIECHT SONDERBAR...
ICH? ... HICKS... NICHTS! JETZT HABE ICH ENDLICH ZEIT, DIE PRODUKTE DER ZABIRER ZU KOSTEN. ICH HABE ES MIR ÜBERLEGT... ICH BIN NICHT GEGEN DAS MATRIARCHAT: DARUM WIRST DU UNS NACH GALAXITY FLIEGEN! UND ZWAR DALLI!
LINUS
J.C. MEZIERES
ENDE
46B